# 호두나무 왼쪽 길로

3

# 호두나무 왼쪽길로 3

1판 1쇄 발행 2004년 2월 20일
1판 2쇄 발행 2006년 8월 28일

지 은 이 박홍용
펴 낸 이 정정란

편 집 부 김창헌 김정행 정희자
디자인팀 전은수 황은주
영 업 부 강현경 길연하 정성용 김용호
기획위원 김택규

펴 낸 곳 도서출판 황매
출판등록 2002년 11월 15일
주 소 (121-840)서울시 마포구 서교동 395-25
전 화 335-4179(편집부) 335-4121,4131(영업부 외)
팩 스 335-4158



I S B N 89-90462-13-4 03810

홈페이지 http://www.hwangmae.co.kr
블 로 그 http://blog.naver.com/hwangmaebook.do
대표메일 hmbooks@hanmail.net

# 호두나무 왼쪽 길로 3

박흥용 글 · 그림

## 작가의 말

문경새재는 환경보호를 위해 차량통행을 금하고 있습니다.
그래서 취재차 세 시간이 넘는 길을 걷게 됐는데…
고개를 넘은 후,
집에 와서도 몇 번을 꿈속에서 또 넘었습니다.

흙길을 새소리와 함께 넘는데 왜 그렇게 신이 나던지….

언제 그런 길을 또 걸어볼까요….

# 차례

제1화 경주에서 13
제2화 문경 가는 길 35
제3화 문경에서 61
제4화 문경새재 99
제5화 무진장 141
제6화 개삼터 215

취재기행-겨울, 길, 위의 사람들 225
상복의 여행지도 254

# 등장인물

**| 주요 등장인물 |**

박상복 | 영동의 호두나무가 있는 시골마을의 할머니 밑에서 외롭게 자란 주인공. 고교 졸업 후 서울에 돈 벌러 갔다던 어머니의 재가 사실을 알게 된 그는 오토바이를 타고 무작정 서울 반대편으로 달린다. 이후 남도의 여러 곳을 여행하게 되면서 다양한 인물과 풍경을 접하고 점점 성숙해진다.

할머니 | 아버지는 돌아가시고 어머니는 재가해 고아 신세가 된 상복을 맡아 키운 분으로 상복에게는 유일한 혈육이자 고향 같은 존재이다. 할머니는 어린 상복이 비뚤어지게 자랄 것을 염려해 어머니의 재가 사실을 알리지 않는다.

이경희 | 상복과 같은 마을에서 자란 이웃누나. 어린시절 상복은 그녀를 잘 따랐으며 줄곧 호감을 갖고 지켜보는 대상이기도 하다. 연애에 실패한 후 함양의 초등학교 선생님이 된 그녀는 어느 날 오토바이를 타고 불쑥 찾아온 상복에게 '딸기'를 찾아줄 것을 부탁한다.

?

딸기 | 이웃누나 경희가 상복에게 찾아달라고 부탁하는 미지의 인물. 경희와 같은 대학 동문이고, 얼마 전 교사 생활을 휴직하고 이곳저곳을 돌아다니는 사람이라는 것만 알려져 있다. 이름도 연고도 밝혀지지 않은 '딸기'를 찾기 위해서라도 상복의 여행은 계속된다.

## | 각 화의 등장인물 |

점촌 · 문경 | 바이크 여행족과 '텐덤녀'

상복과 같은 기종의 오토바이를 모는 바이크 여행족과 그가 길에서 만난 '텐덤녀'.

문경새재 | 호남선비, 영남선비, 복면선비

과거급제 시험을 보기 위해 문경새재를 넘어가는 세 명의 선비.

무진장 | 상복이 마주친 사람들

**무주 실연녀(좌상)** : 실연의 상처를 씻으려 무주구천동을 찾다가 상복과 마주하게 된 여인.

**진안 황 교수(우상)** : 상복의 오토바이를 얻어 타고 마이산까지 동행하는 괴짜 교수.

**장수 '노는 개'(좌하)** : 논개의 고향 장수의 다방 차 배달 아가씨.

**반뇌기 할머니(우하)** : 길가에서 시집간 딸과의 만남을 기다리는 할머니.

개삼터 | 효자와 병든 어머니

병든 어머니를 낫게 해 드리기 위해 '벌거벗은 사람'을 찾아 헤매는 효자 아들.

# 호두나무 왼쪽 길로 3

# 호두나무 왼쪽 길로 1 · 2권 줄거리

영동의 한 시골마을, 할머니 밑에서 외롭게 자란 아이 상복은 서울로 일하러 간 어머니가 마을 입구에 서 있는 호두나무 왼쪽의 지름길로 돌아오실 거라 믿으며 어린 시절을 보낸다. 그러나 어머니가 돌아오실 기미가 보이지 않자 초등학교와 중학교 시절 두 번에 걸쳐 어머니를 찾겠다고 무작정 서울로 발걸음을 옮겨보지만 모두 수포로 끝나고 만다.

기계 공고를 다니며 오토바이 상점에서 아르바이트를 한 상복은 졸업과 동시에 서울의 어머니에게 가겠다며 오토바이 시동을 건다. 그러자 할머니는 그동안 숨겨왔던 어머니의 재가소식을 밝히는데, 이제 상복이 서울에 가도 어머니를 만날 수 없는 것이다. 무작정 고향 영동을 떠나는 상복은 더이상 서울로 향하지 않는다. 서울과는 반대 방향인 남쪽으로 오토바이를 몰아가는 상복.

노근리 쌍굴, 추풍령 고개 등을 지나 어린시절 고향에서 함께 자란 경희 누나가 교사로 있는 함양의 초등학교를 방문하는 상복은 경희 누나를 오토바이에 태우고 운봉, 남원을 여행한다. 짧은 만남의 말미에 경희 누나는 상복에게 미지의 인물 '딸기'를 찾아달라는 부탁을 한다. 무작정 시작한 여행에 새로운 목표가 생긴 상복은 딸기를 찾아 순창, 목포를 지나 해남 땅끝 마을로 향한다.

땅끝 마을에서 딸기가 다시 사천으로 갔다는 소식을 들은 상복은 딸기의 행적을 찾기 위한 본격적인 남도기행을 시작하게 된다. 하동, 남해, 사천, 다시 부산, 밀양으로…. 남도의 찬란한 풍광과 물결을 바라보며 여행을 계속하던 상복은 마침내 다다른 경주에서 다시 딸기의 행적을 알려줄 수 있을 듯한 인물을 만나게 되는데….

| 第1화 |

# 경주에서

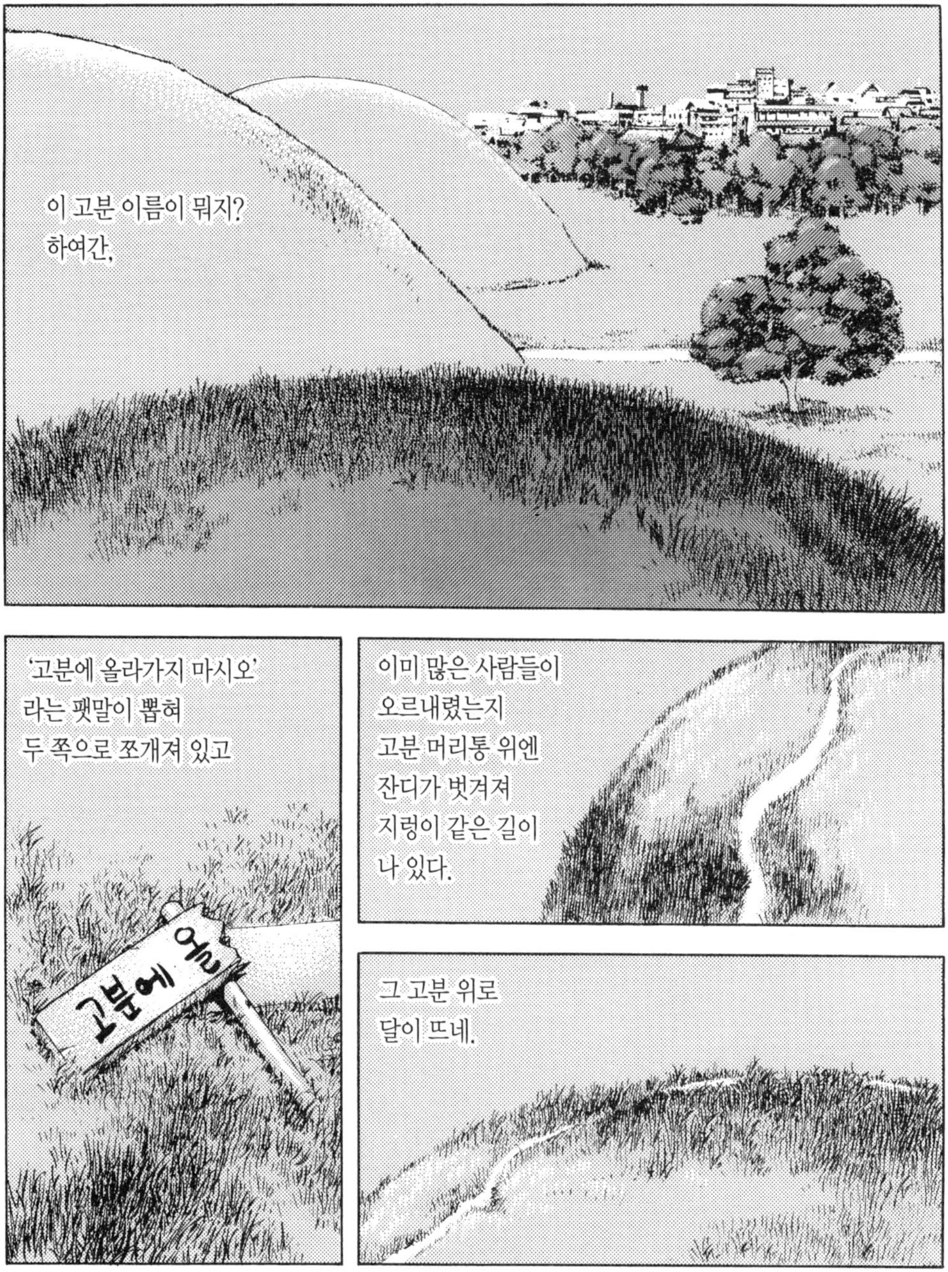
이 고분 이름이 뭐지?
하여간.
'고분에 올라가지 마시오'
라는 팻말이 뽑혀
두 쪽으로 쪼개져 있고
고분에 올
이미 많은 사람들이
오르내렸는지
고분 머리통 위엔
잔디가 벗겨져
지렁이 같은 길이
나 있다.
그 고분 위로
달이 뜨네.

초 저녁 달이….
어디선가 본 듯한 그림…
공산명월(空山明月) …훗,
아니,

고분 사이로 '텔레토비' 들이
막 뛰어 나올 것 같은데…
…….
이경희 선생
심부름으로
오셨죠?
…예.
경희 씨에게
이제 박 선배 찾는 걸
포기하라구
전해 주세요.
…….
이거 무슨
숨박꼭질도
아니고….
하나는
숨기 바쁘고
하나는
열심히 찾고.
…….

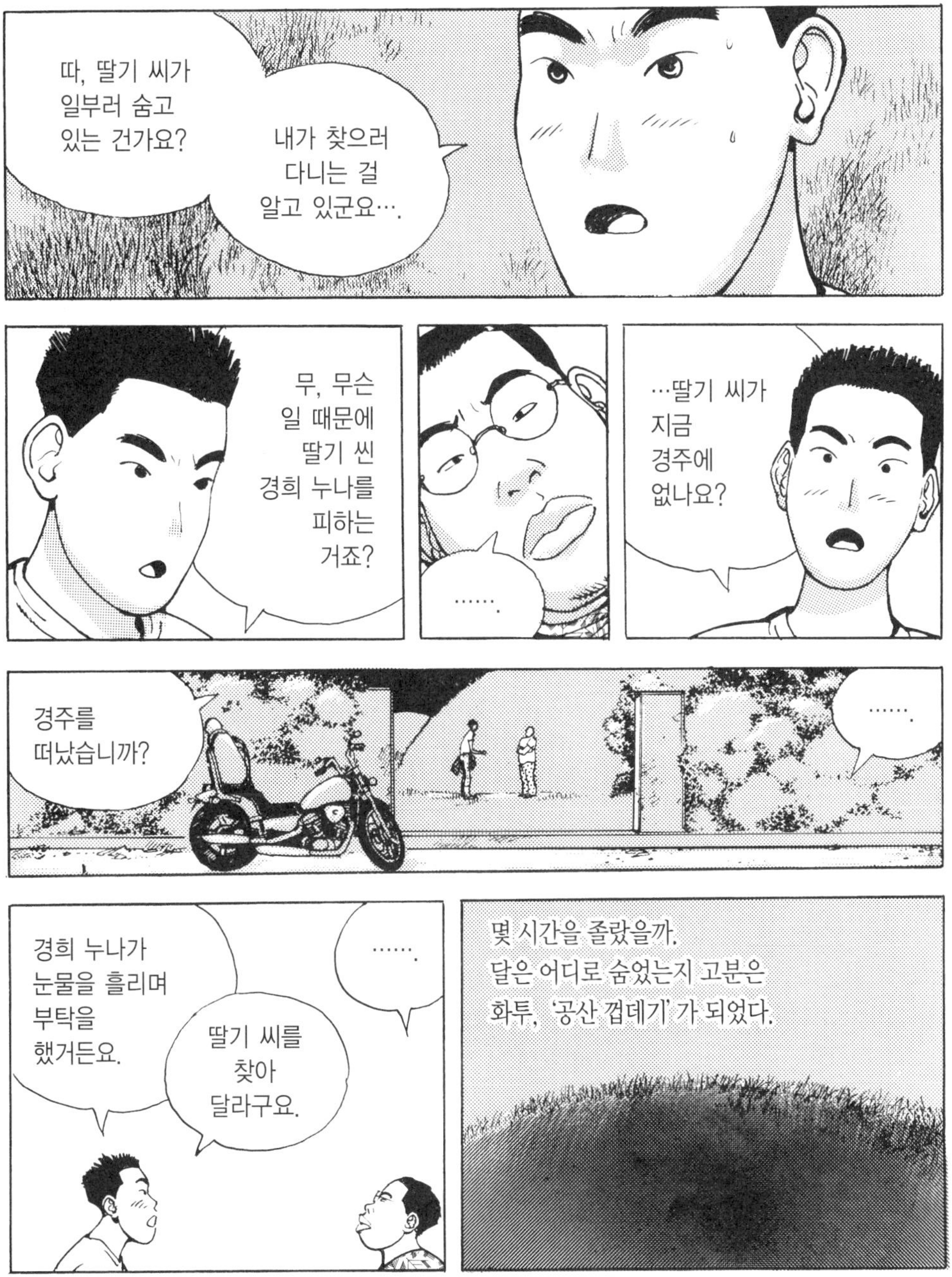
때, 딸기 씨가 일부러 숨고 있는 건가요?
내가 찾으러 다니는 걸 알고 있군요….
무, 무슨 일 때문에 딸기 씬 경희 누나를 피하는 거죠?
…….
…딸기 씨가 지금 경주에 없나요?
경주를 떠났습니까?
…….
경희 누나가 눈물을 흘리며 부탁을 했거든요.
딸기 씨를 찾아 달라구요.
…….
몇 시간을 졸랐을까.
달은 어디로 숨었는지 고분은
화투, '공산 껍데기'가 되었다.

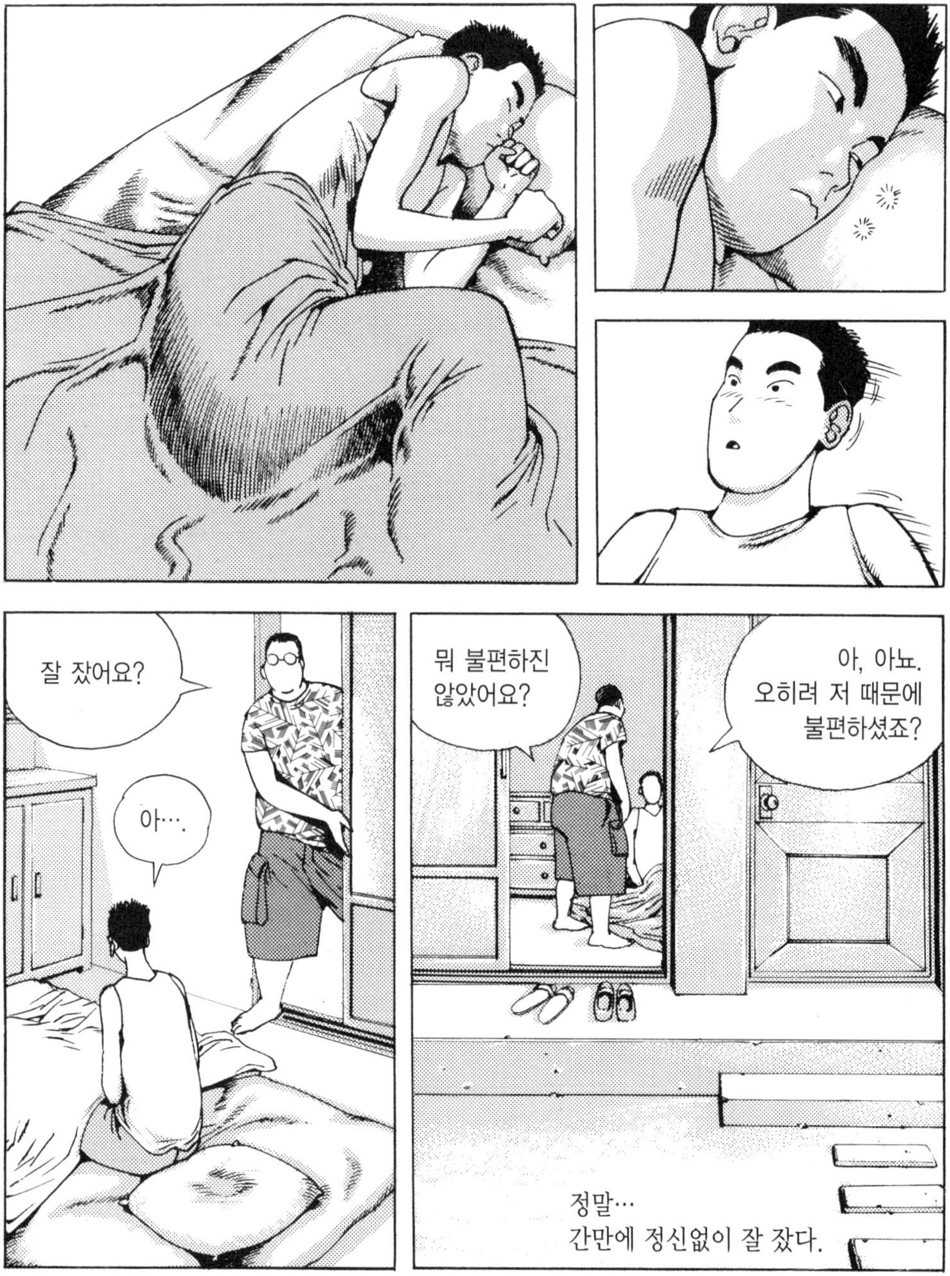
잘 잤어요?
아….
뭐 불편하진 않았어요?
아, 아뇨. 오히려 저 때문에 불편하셨죠?
정말…
간만에 정신없이 잘 잤다.

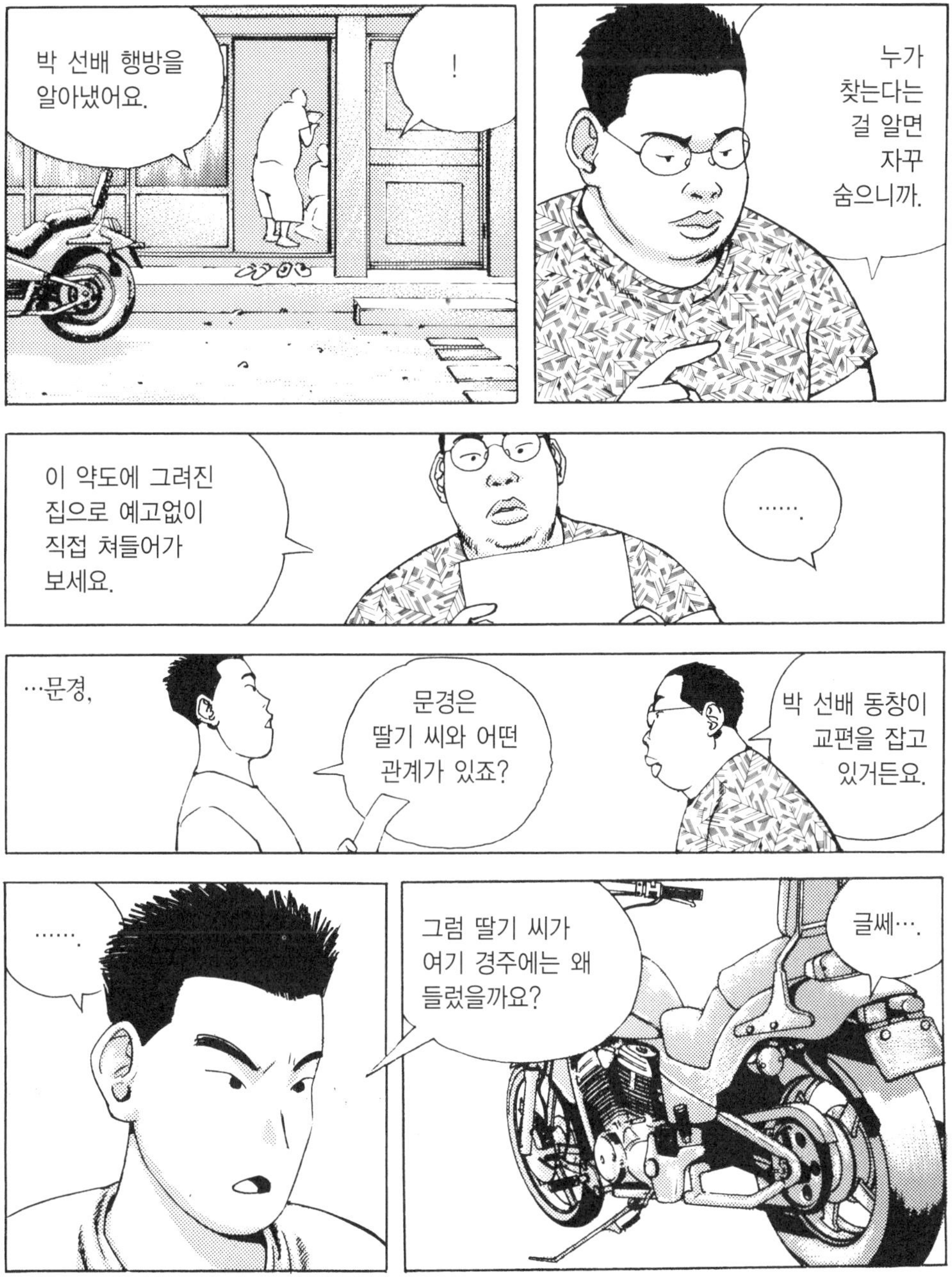
박 선배 행방을 알아냈어요.
!
누가 찾는다는 걸 알면 자꾸 숨으니까.
이 약도에 그려진 집으로 예고없이 직접 쳐들어가 보세요.
…….
…문경,
문경은 딸기 씨와 어떤 관계가 있죠?
박 선배 동창이 교편을 잡고 있거든요.
…….
그럼 딸기 씨가 여기 경주에는 왜 들렀을까요?
글쎄….

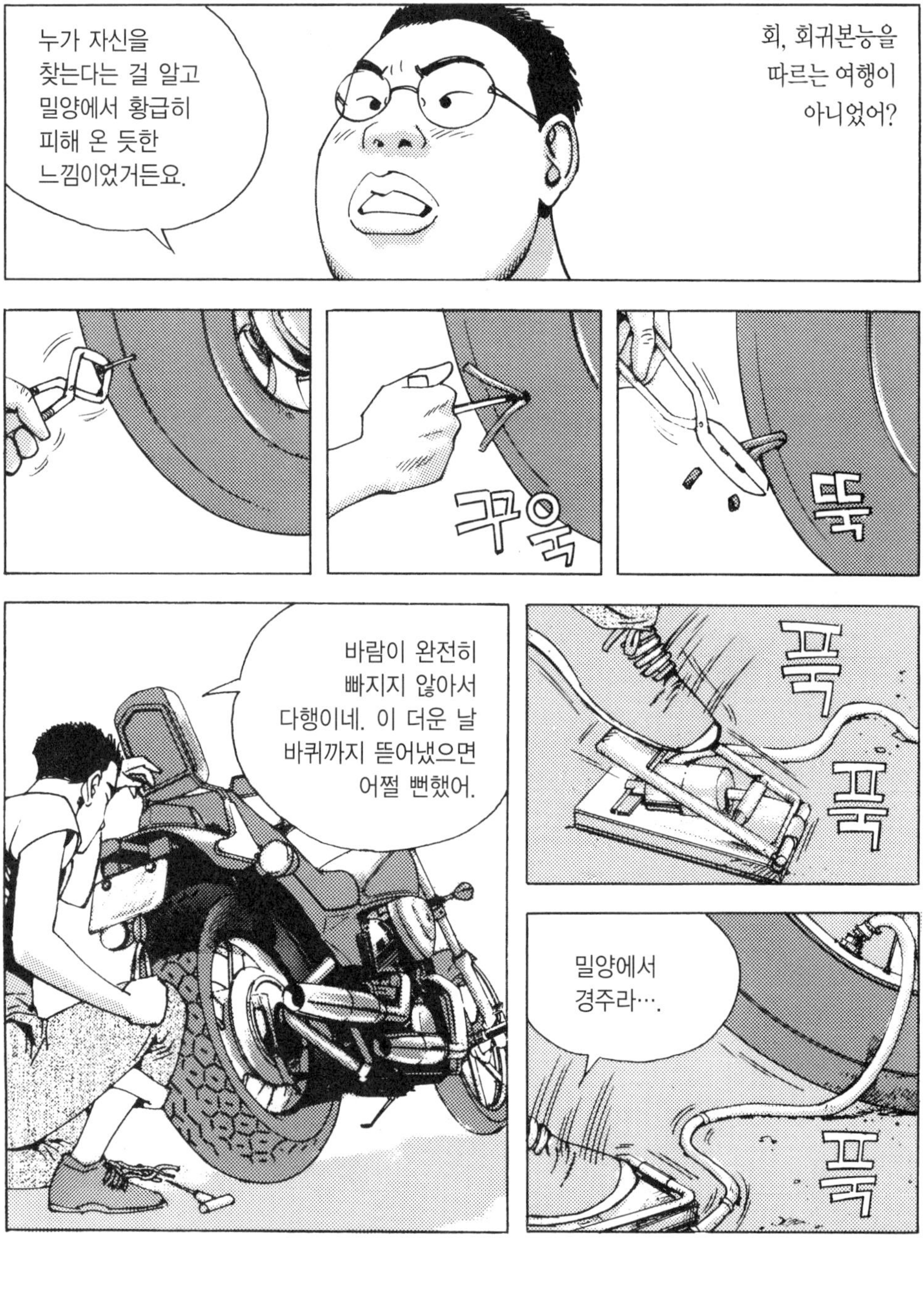
누가 자신을 찾는다는 걸 알고 밀양에서 황급히 피해 온 듯한 느낌이었거든요.
회, 회귀본능을 따르는 여행이 아니었어?
쿠욱
뚝
바람이 완전히 빠지지 않아서 다행이네. 이 더운 날 바퀴까지 뜯어냈으면 어쩔 뻔했어.
푹
푹
밀양에서 경주라….
푹

내가 추측한 대로의 여행이 아니라면
딸기는 도대체 무엇을 근거로 여행 코스를 정하고 있냐 이거야.
건천 정류장 슈퍼
시원한 음료수 좀 주세요.
저 땀 좀 보소. 좀 닦으시소.
이 길로 쭈욱 가면 영천 아닌교….
영천에서 직접 문경으로 가도 되고 뭐 가는 길 쌨미더.

끼이이익
쿠루루루루
제일식당
…….
쿠루루루루루

…….
맴맴맴맴맴
건천 정류장 슈퍼
제일식당
화재

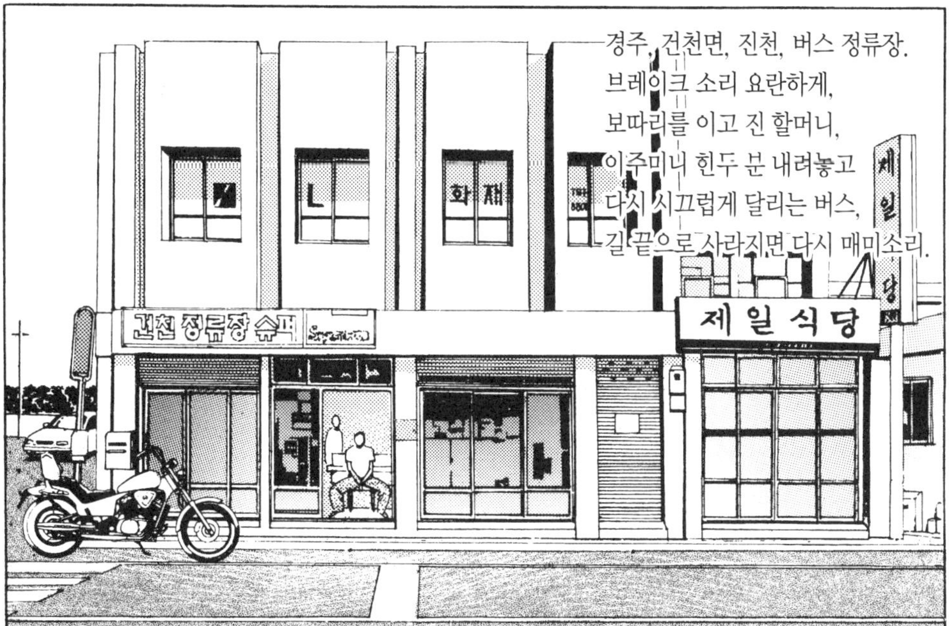
경주, 건천면, 진천, 버스 정류장.
브레이크 소리 요란하게,
보따리를 이고 진 할머니,
아주머니 한두 분 내려놓고
다시 시끄럽게 달리는 버스,
길 끝으로 사라지면 다시 매미소리.
건천 정류장 슈퍼
제일식당
화재

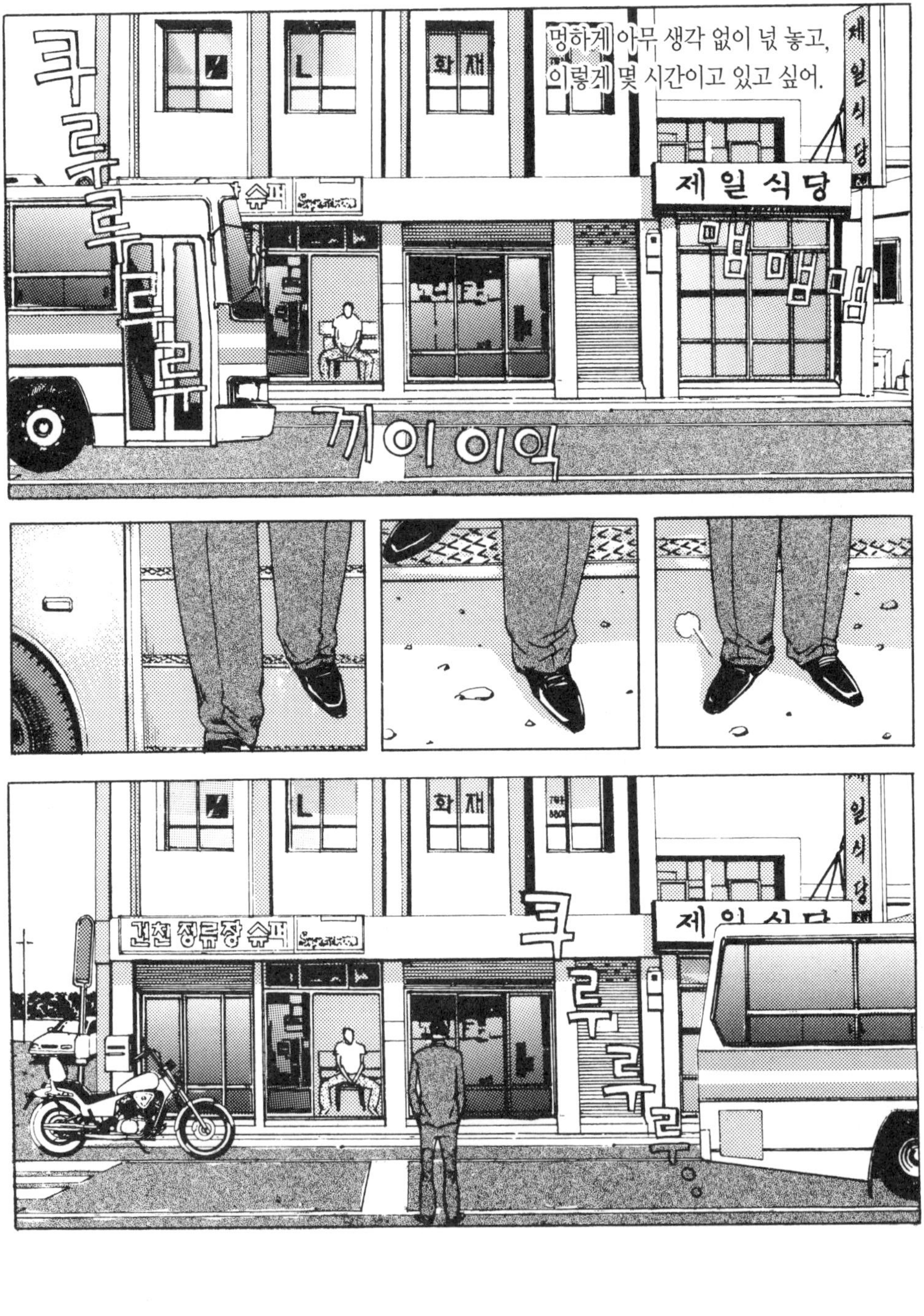
멍하게 아무 생각 없이 넋 놓고,
이렇게 몇 시간이고 있고 싶어.
제일식당
화재
끼이이익
건천 정류장 슈퍼

건천 정류장 슈퍼
화재
제일식당
제일식당
따… 딸기?

손,
손님요.
?
의자에서
졸다가 바닥에
굴르겠습더.
!
…….
화재
건천 정류장 슈퍼
제일식당
맴
맴
매앰
맴
잠깐 졸았는데
꿈을 꾸다니….
혹시 그 사람
생김새가 말야….

얼굴은 갸름하고 눈썹은 진하고 키는 한 175센티? 그리고…
이렇게 생기지 않았어?
…….
아니라구? 쩝.
뭐 어쨌든 누나가 이건 알아둬.
딸기를 찾든 못 찾든 문경까지만 가보고 나 이런 여행 그만둘 거야.
…….
길 한편에 시동이 꺼진 채 멍청하게 앉아 있는 경운기.
이가 빠진 할머니의 오물거리는 입에서 몇 점 흘러 떨어지는 음식물처럼 낡은 연료 파이프 어느 부분에선가 톡, 톡 기름이 떨어진다.

바닥에 한 방울 두 방울
떨어진 양으로 봐서 한참을
멍하니… 아무 생각 없이…
넋 놓고… 그렇게 있었던 것
같은데,
경운기의 망중한….
경주에서 대구로 달리는 4번 국도는
건천, 영천을 가로 지른다.

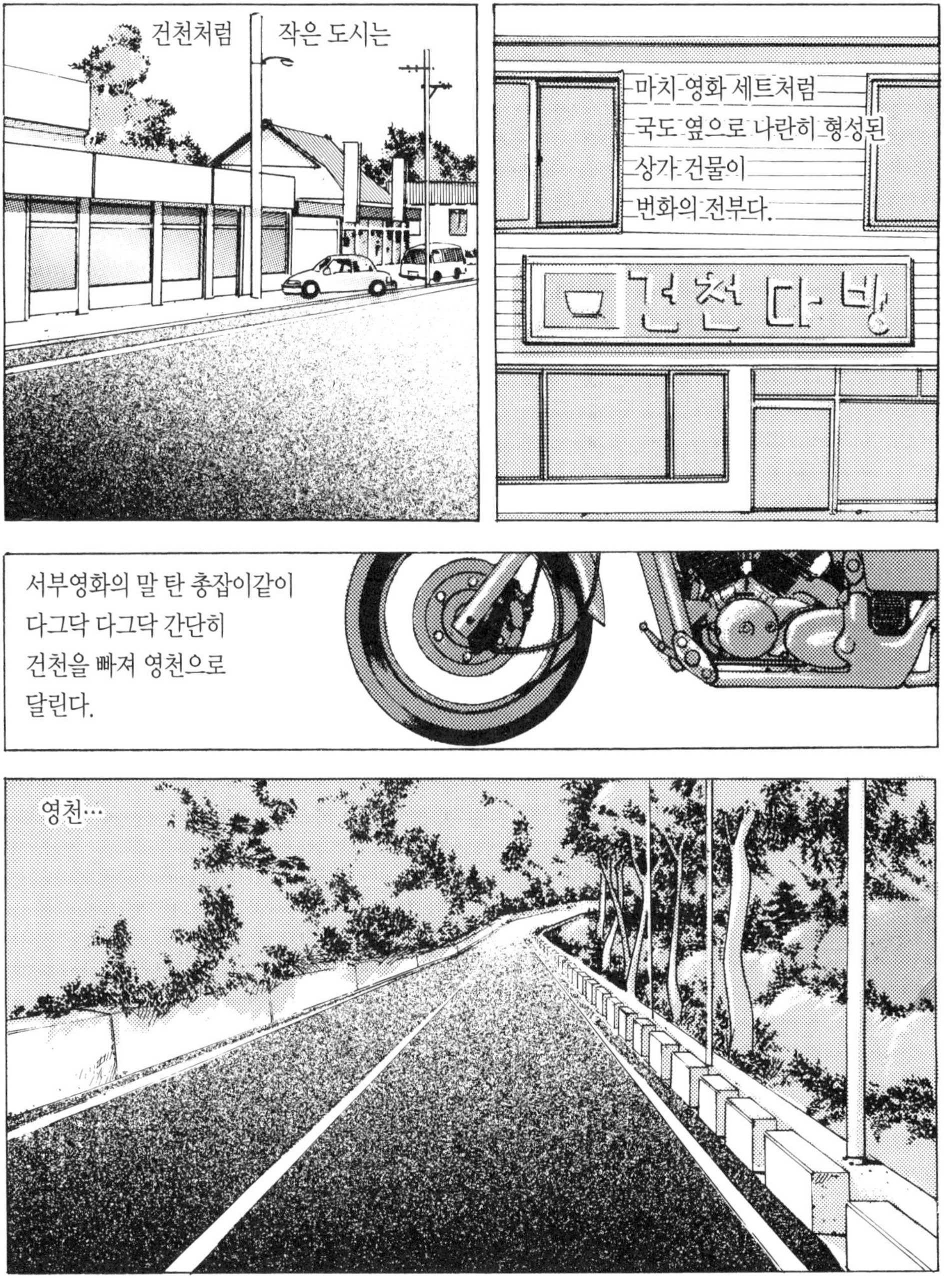
건천처럼
작은 도시는
마치 영화 세트처럼
국도 옆으로 나란히 형성된
상가 건물이
변화의 전부다.
건천다방
서부영화의 말 탄 총잡이같이
다그닥 다그닥 간단히
건천을 빠져 영천으로
달린다.
영천…

영천아리랑의
영천이 바로 여기
영천 맞심니더.
민원안내
영천시청
그런데 왜
북쪽에서는 널리
불려지고 있고
남쪽에서는 소멸
됐는지….
소멸된 게
아이고
뭐 정확한 답변을 말해
드릴 수 없지만
일제 침략시대 때
핍박을 피해 북쪽으로
피난 갔던 영천
주민들이
망향의 서러움을
달래려고 만들어 불렀던
것이 아닐까 하고 조심스레
추정하고 있심미더.

그러니까 영천
아리랑은 일제 강점기
이후에 만들어진
노래일 수 있겠군요.
…….
문화·관광
충효의 고장 영천
여행 목적이 서로 다른데도
어제 석남재에서 본 사람을
오늘 영천에서 만나잖아.
딸기와 내가 우연히…
어느 도시에서 딱!
만나게 된다면…
그곳은
어디가 될까.
어떻게
오셨습니까?
!
해가 지난 지도책보다
시청관광 안내 책자의
도로 표기가 더
정확할 것 같아서요,
하나 얻으러
왔습니다.
건천 버스 정류장에서
졸다가 꿈속에서 만난
그 사람은
대체 누구야.
큰 키에
짙은 눈썹과
눈 그늘…
건천 정류장 슈퍼
화재

오뎅
삶은계란
부우웅
호르륵.
호르륵.
영천여객
호르륵.
호르륵.
저 사람,
여기 버스 터미널
직원임미꺼?
아임더.
어데 사는지…
매일 여 나와서
저렇게 할일없이
바쁘다 안함미꺼.
뭔 사고로
머리를 다쳐
저리 됐다카기도
하고.
대구
호르륵.
호르륵.

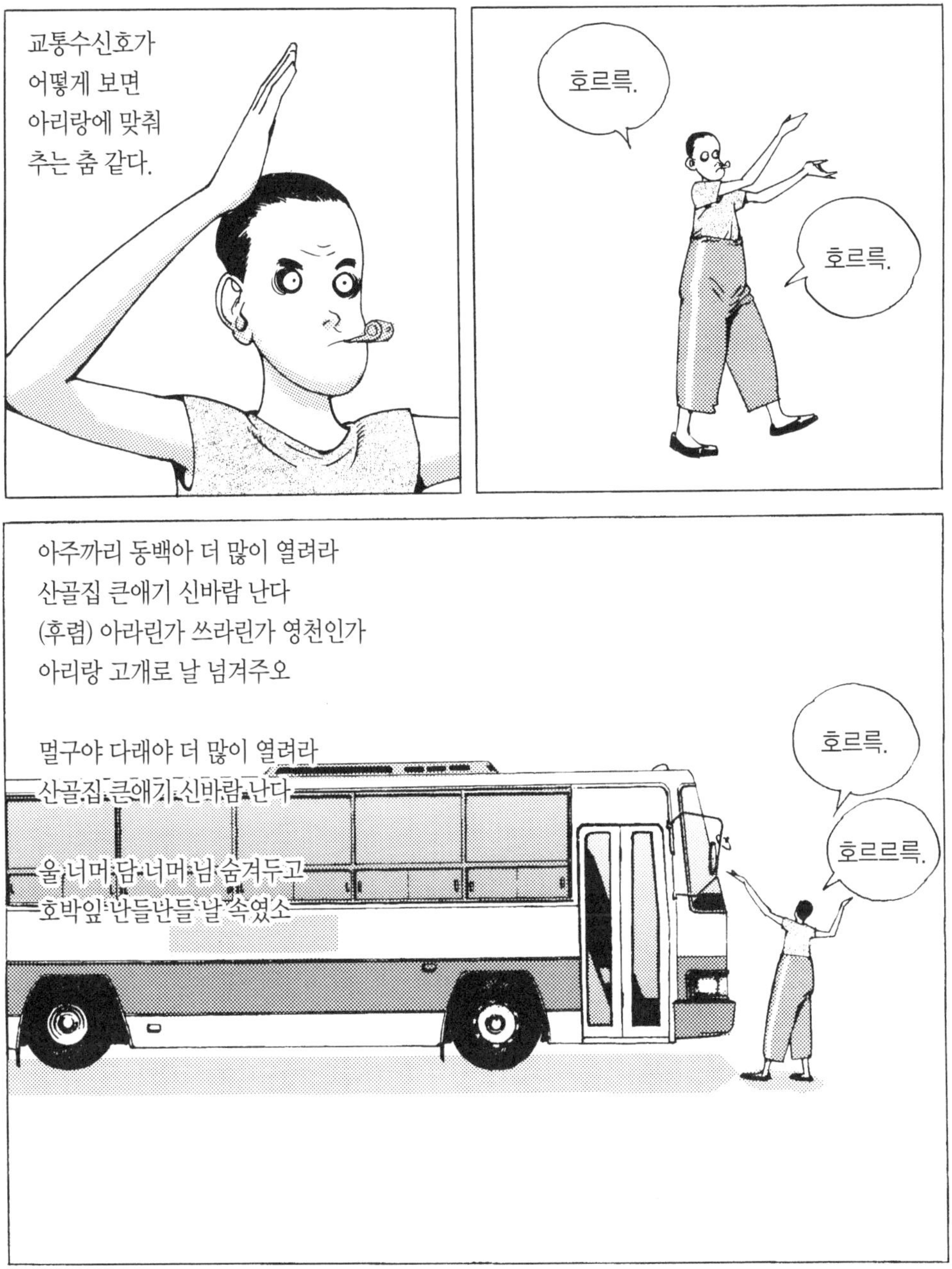
교통수신호가
어떻게 보면
아리랑에 맞춰
추는 춤 같다.
호르륵.
호르륵.
아주까리 동백아 더 많이 열려라
산골집 큰애기 신바람 난다
(후렴) 아라린가 쓰라린가 영천인가
아리랑 고개로 날 넘겨주오
멀구야 다래야 더 많이 열려라
산골집 큰애기 신바람 난다
울 너머 담 너머 님 숨겨두고
호박잎 난들난들 날 속였소
호르륵.
호르르륵.

# 경운기 耕耘機 [a cultivator] • p 27

명사 『농업』 ① =경간기. ②동력을 이용하여, 논밭을 갈아 일구어 흙덩이를 부수는 기계. ≒경작기. ¶ 경운기로 밭을 갈다.

동력경운기라고도 하는 경운기는 작업기의 장착(裝着) 및 이용법 등에 따라, 단순히 작업기를 뒤쪽에 달고 견인하는 견인형(牽引形)과 작업기가 경운기 기관의 동력으로 작동하는 구동형(驅動形)으로 나뉜다. 그러나 요즈음은 견인작업과 구동작업을 모두 수행할 수 있는 견인 · 구동 겸용형이 대부분이다.

견인형은 각종 작업기를 견인하여 여러 가지 작업을 하는 것으로, 경운 · 정지 · 비배관리(肥培管理) · 수확작업 및 정치(定置)해서 사용하는 양수기 · 분무기 등의 동력원으로 사용되며, 또한 트레일러를 견인하여 운반작업에도 사용된다. 구동형은 후부에 경운장치를 장착하여 경운작업 · 쇄토작업(碎土作業), 맥류(麥類)의 관리작업에 이용되며 이 밖에 정지작업의 동력원으로도 이용된다.

| 제2화 |

# 문경 가는 길

우두두두둥
영천을 출발한 지
얼마나 됐을까….
우두두두둥
아저씨.
문경 가려면
어느 쪽 길로
가야 돼요?

나보고
아저씨라꼬?
아, 아줌마
신가요?
내 나이
칠십인데
할배가
아니라
아제라
불러주니께네
기분이
삼삼
하데이.
옛다, 씨연한
얼음물 한잔
받으소.
도회지로
젊은 것들이
다 떠나고
없은께네
요즘 촌구석에선
환갑쟁이들을
얼라 취급 안 하나.
호박찌짐을
참이라고
싸온 긴데
먹어볼 끼가?
!
아저씨가
아니라
혀어엉!
…이라고
불렀으면
더 푸짐한
음식을
내줬을지
몰라….
아까
어디 간다
켔노?

문경 가려고
하는데요.
이 길로 쭈욱 가면
군위가 나올 낀데
거기서 상주 쪽으로
꺾어지믄…
Hello
상주서
문경은 엎어져
코 닿을 데가
아이가.
우두두두 둥
'군위군
군민 늘리기 운동'
게시판
……
Hello
게시판
군민 늘리기에
공이 많은
주민 및
우수 마을을
선정, 표창과
혜택을
드립니다.
Hello

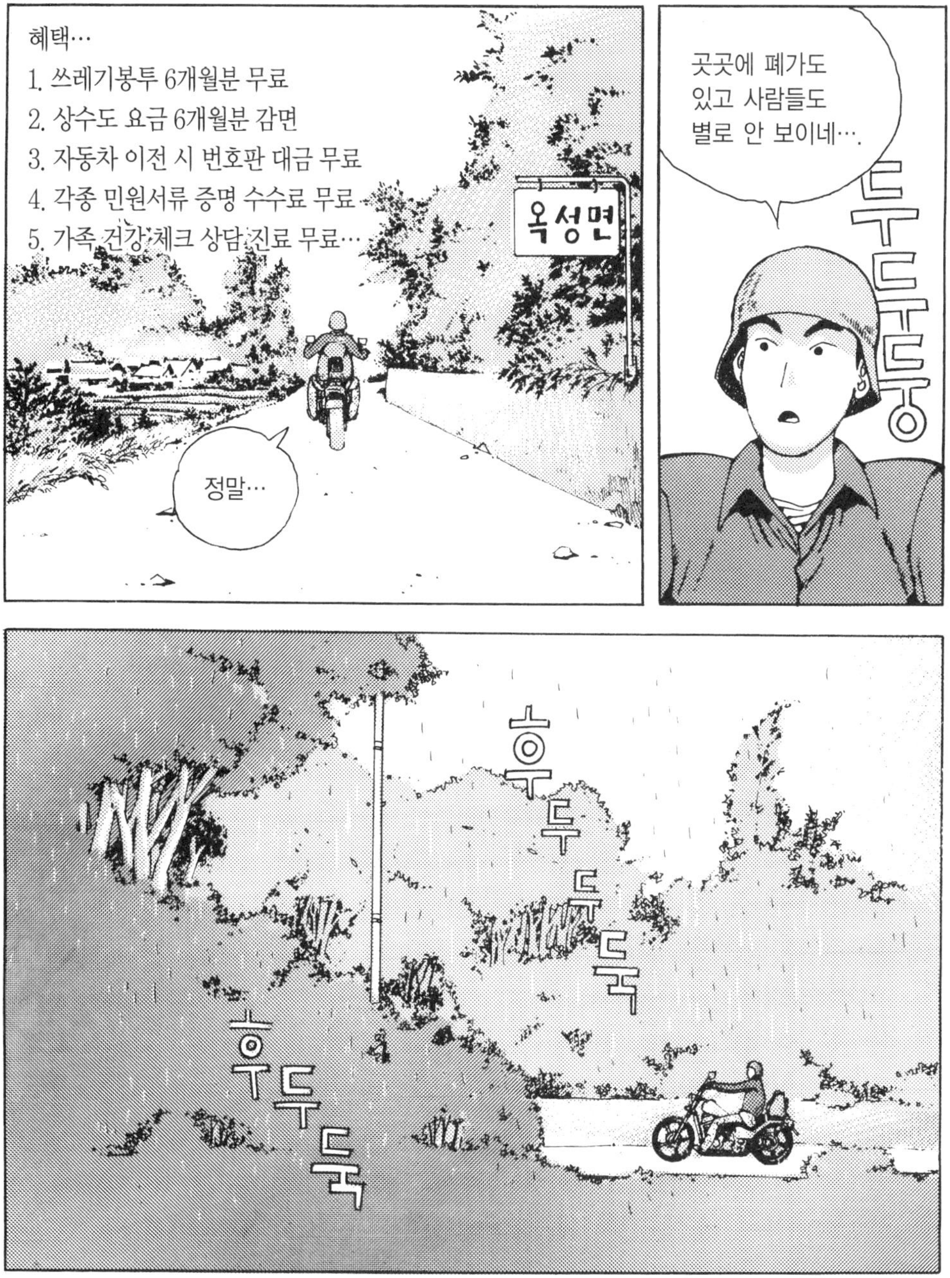
혜택…
1. 쓰레기봉투 6개월분 무료
2. 상수도 요금 6개월분 감면
3. 자동차 이전 시 번호판 대금 무료
4. 각종 민원서류 증명 수수료 무료
5. 가족 건강 체크 상담 진료 무료…
옥성면
정말…
곳곳에 폐가도
있고 사람들도
별로 안 보이네….
두두둥
후두둑
후두둑

쏴아아아아
촤아아아
으엣취!
쏴아아아
이기
생쥐 아이고
뭐꼬?
…….
쏴아아아

비가,
바람 부는 대로 달리는 푸른 들판.
멋대로 휘갈기는 빗줄기에
소스라쳐 휘청이는 논두렁 미류나무.

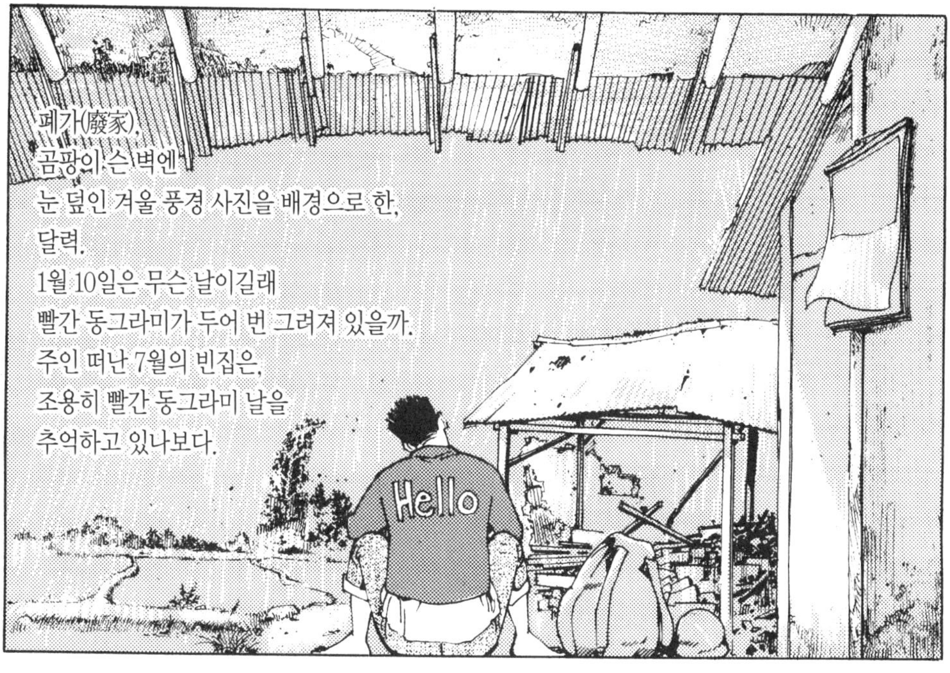
폐가(廢家),
곰팡이 슨 벽엔
눈 덮인 겨울 풍경 사진을 배경으로 한,
달력.
1월 10일은 무슨 날이길래
빨간 동그라미가 두어 번 그려져 있을까.
주인 떠난 7월의 빈집은,
조용히 빨간 동그라미 날을
추억하고 있나보다.
Hello

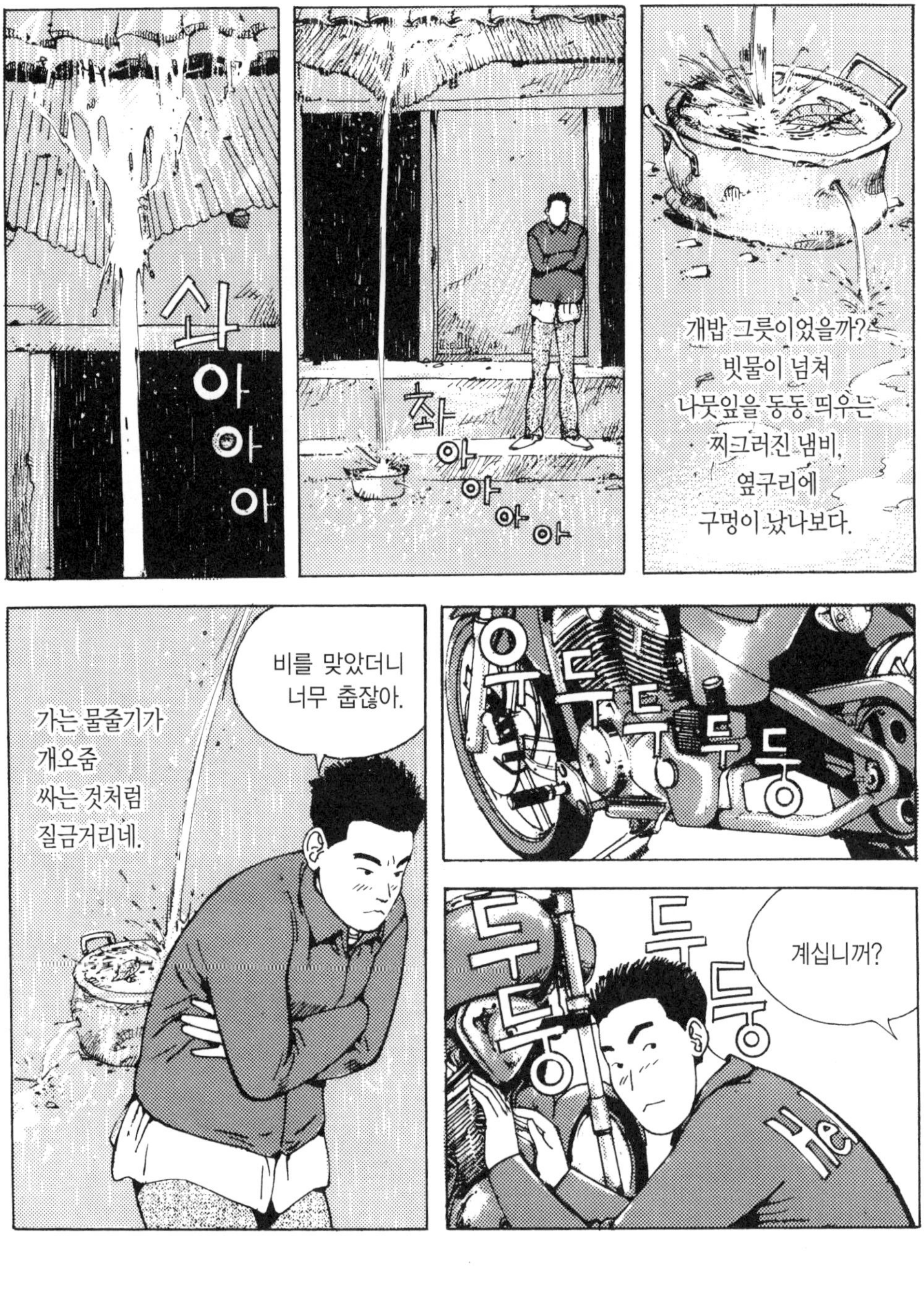
쏴
아
아
아
좌
아
아
아
아
개밥 그릇이었을까?
빗물이 넘쳐
나뭇잎을 동동 띄우는
찌그러진 냄비,
옆구리에
구멍이 났나보다.
가는 물줄기가
개오줌
싸는 것처럼
질금거리네.
비를 맞았더니
너무 춥잖아.
우
두
두
두
둥
두
둥
두
둥
계십니까?

빈집 같은데
사람이 있네.
!
비 좀
피하려구요.
불 피울 수 있는
도구가 없어서
오토바이 엔진에
몸을 녹이고 있는
중입니다.
말씨가
여기 말씨가
아니네예.
여리
가까이
오이소.
치이이이이
…….

치이 이이 이
카메라 들었다 놨다 머하노?
치이이이이
솨아아아아
메모리를 아끼기 위해 셔터 누르고 싶은 걸 참고 있는 기라.
비 오는 경치가 끝내준다.
논이 이 빈집을 둘러싸고 있어서 농약 냄새가 곳곳에 밴 듯 했는데
어느새 씻겼는지 이제 마당 가득 차가운 비 비린내뿐이다.
솨아아아아

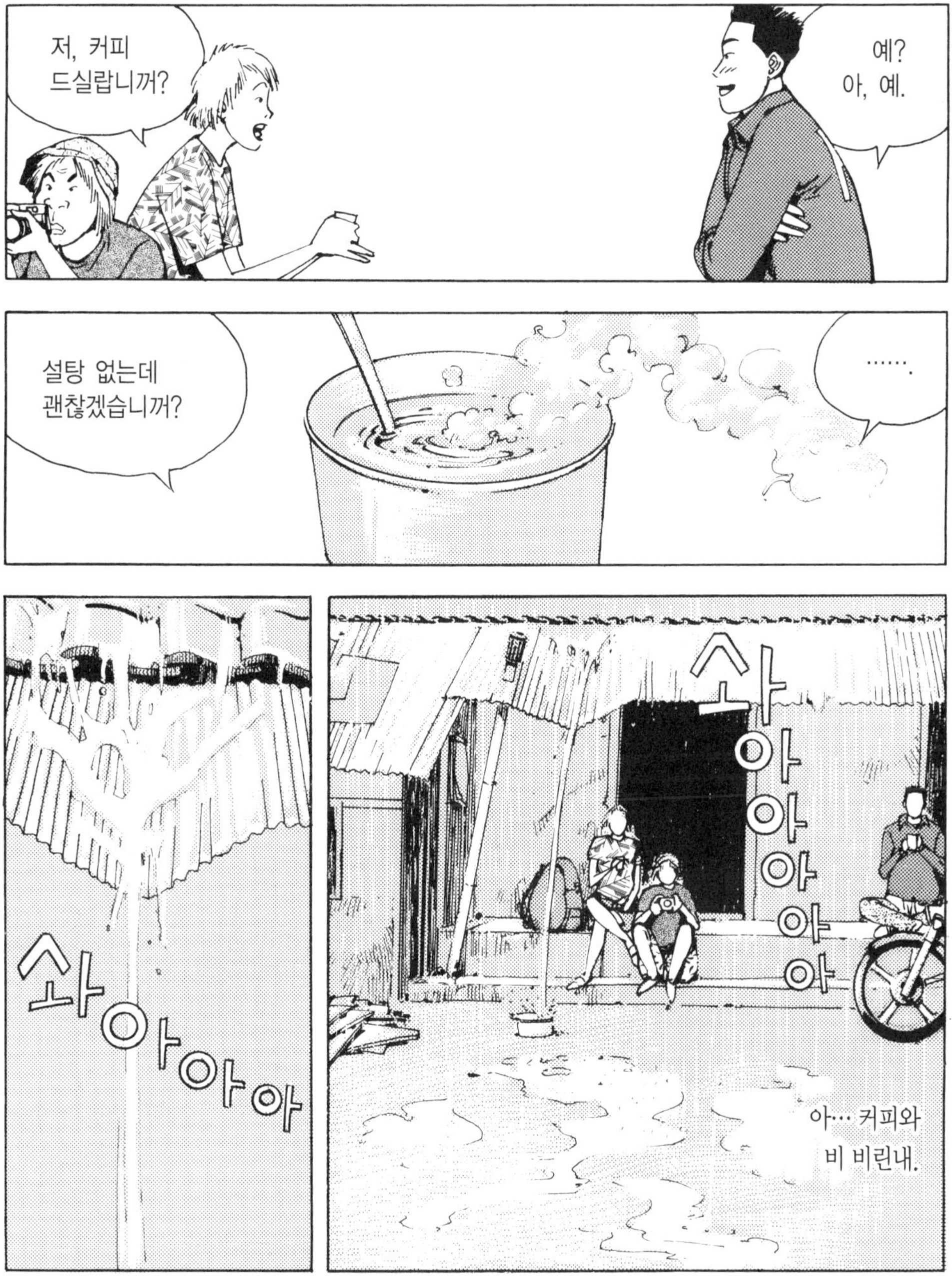
저, 커피
드실랍니꺼?
예?
아, 예.
설탕 없는데
괜찮겠습니꺼?
…….
쏴아아아아
쏴아아아아아
아… 커피와
비 비린내.

커피를 좋아하지 않지만
혹, 가끔 마시면 설탕 맛인지
커피 맛인지 모르게
간(?)을 맞춰야 겨우
입에 댔다.
오늘
이 비 오는 날,
소름 돋도록
떨다가 마시는
커피는
설탕이 없어
쓰기만 한데
즐겁다.
쏴아아아아
중부지방은
흐리고
한두 차례 비가
오겠으며

남부지방은 비 온 후 오후부터 차차 개겠습니다.
여기가 경상북도 군위군이지. 920번 지방도를 타고 달리다 비를 만났거든….
25번 국도를 찾아 달리면
바로 상주, 함창, 문경이다….
찰ㄱ
……
쏴아아아아아
폴짝

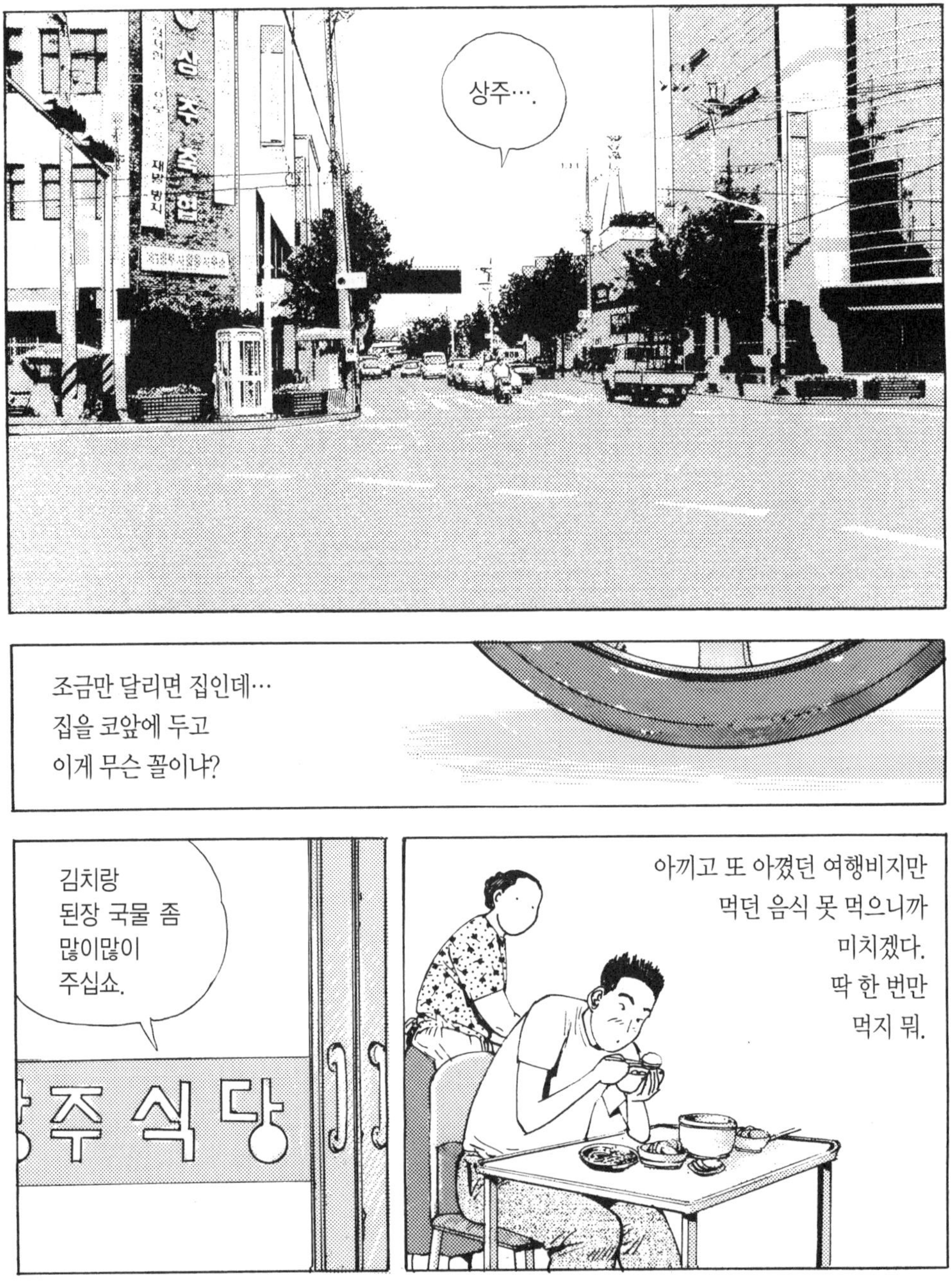
상주축협
상주….
조금만 달리면 집인데…
집을 코앞에 두고
이게 무슨 꼴이냐?
김치랑
된장 국물 좀
많이많이
주십쇼.
아끼고 또 아꼈던 여행비지만
먹던 음식 못 먹으니까
미치겠다.
딱 한 번만
먹지 뭐.

…….
뭐, 뭡니까?
누룽지 좀 먹어 볼래요?
…감사합니다.
메뉴
…….
북천교,
그리고 아파트보다
더 높은
고압선 철탑들….

임진란 때,
순절한 관군과 의병을 기리기 위해
조성된 공원 '상산관' 기와지붕 뒤로
고압선 철탑이
정말 멋없이
솟았다.
철탑 땜에
공원경치
베맀다.
우두두두둥
공검면
문경으로 달리는
3번 국도,
상주 벌판.
공검면

공갈못 노래비
이게 무슨 인연입니까? 여기서 또 만나는군요.
여기도 아리랑이 있나요?
공갈못 옛터
'상주 아리랑', 또는
'상주 모심기'
Hello
'공갈못' 이라는 '채련요(採蓮謠)' 로도 알려져 있죠.
채련요?
연밥 따는 노래.
…….

공갈못 옛터
문헌에는
이 연못 둘레가 22리나 됐었다는 기록이 있거든요.
지금은 이렇게 작은데요?
'저승에 가도 공갈못을 구경하지 못한 사람은 이승으로 되돌려 보낸다.'는 얘기가 있을 정도로 경치가 빼어났었답니다.

공갈못 옛터
주변이 논으로 바뀌어 옛 모습을 찾을 길이 없지만
채련요를 들어보면 대략 그림이 보이는 듯합니다.
맹꽁인가?
꽉꽉
꽈드득 꽈드득

상주 함창 공갈못에 연밥 따는 아가씨야
연밥 줄밥 내 따줄게 이내 품에 잠자주소
잠자기는 어렵잖소 연밥 따기 늦어가오
상주 함창 공갈못에 연밥 따는 저 큰 아가
연밥 줄밥 내 따줌세 백년언약 맺어다오
백년언약 어렵잖소 연밥 따기 늦어간다

이제 못터를 알려주는 비석만이
설화나 소문을 듣고 찾아오는
사람들을 마중할 뿐….

우두두둥
상주 함창 사이의 공갈못은
노래 속에서만 연밥을 딴다.
쓸쓸한 옛못…
쓸쓸한 아리랑…

우두두
상주시
함창읍.
함 창
우두두두둥
번화가인 듯한
사거리를 지나면서
본 것들?
아니,
보지 못한 것들….
우두두두둥
· 사람을 별로 보지 못했다.
· 4층 이상의 건물을 보지 못했다.
· 신호등에 걸려 대기해 보지 못했다.
(아니, 신호등이 있었나?)

함창역
2003.7.12 부터 서울행 주말 무궁화호 신설 운행
함창역 광장에 이르기까지
그저 조용하기만한 길.
서울행 주말 무궁화호가
신설운행된다고 쓰여 있는
플래카드만
바람에 퍼드덕대며
신이 나 있잖아.
맞이방
아주머니.
문경 갈라면
어느 길로 갑니까?
…….

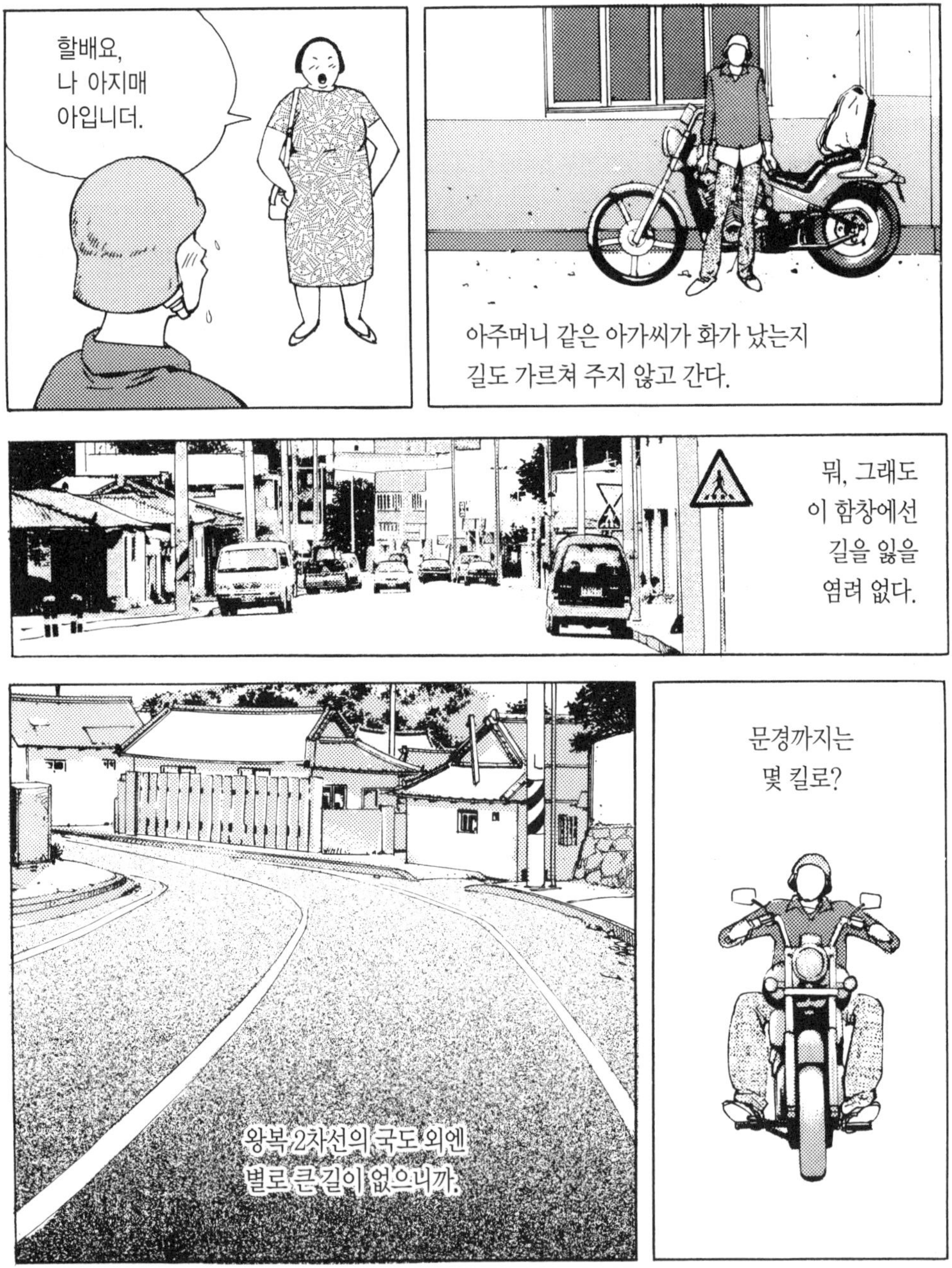
할배요,
나 아지매
아입니더.
아주머니 같은 아가씨가 화가 났는지
길도 가르쳐 주지 않고 간다.
뭐, 그래도
이 함창에선
길을 잃을
염려 없다.
왕복 2차선의 국도 외엔
별로 큰 길이 없으니까.
문경까지는
몇 킬로?

우투투퉁
…….
길 잘못 왔심더.
오던 길로 다시 가셔서 점촌 가는 길로 가야 합니다.
점촌이 바로 문경 아입니꺼.
길이 단조롭다고 얕보다가 코 다쳤네.

# 공갈못 [Gonggal-mot] • p 51

**명사** 경상북도 상주시 공검면 양정리에 있는 삼한시대 저수지.
지정번호 : 경북기념물 제121호

1997년 9월 29일 경상북도 기념물 제121호로 지정되었다. 삼한시대 3대 저수지 가운데 하나로 《고려사》 지리지에는 공검이라는 큰 못이 있었는데 1195년(명종 25) 사록 최정빈이 옛터에 축대를 쌓아 저수지를 만들었다는 기록이 있다. 이 못을 축조할 때 공갈이라는 아이를 묻고 둑을 쌓았다는 전설이 전하여 공갈못이라고도 부른다.

《경상도읍지(1832)》에는 공갈못의 수심이 10자(尺)였다고 되어 있으나, 고종 때 못의 일부를 논으로 만들면서 5,700평 정도로 축소되고 1959년 12월 31일 공검지 서남쪽에 오태저수지(五台貯水池)가 완공되자 1964년 2,000여 평만 남기고 모두 논으로 만들었다. 1993년 옛터 보존을 위해 1만 4,716㎡의 크기로 개축하였고 관개면적 1.1㏊, 저수량 1,000t, 못둑의 길이 34m, 못둑의 높이 3.6m이다.

| 제3화 |

# 문경에서

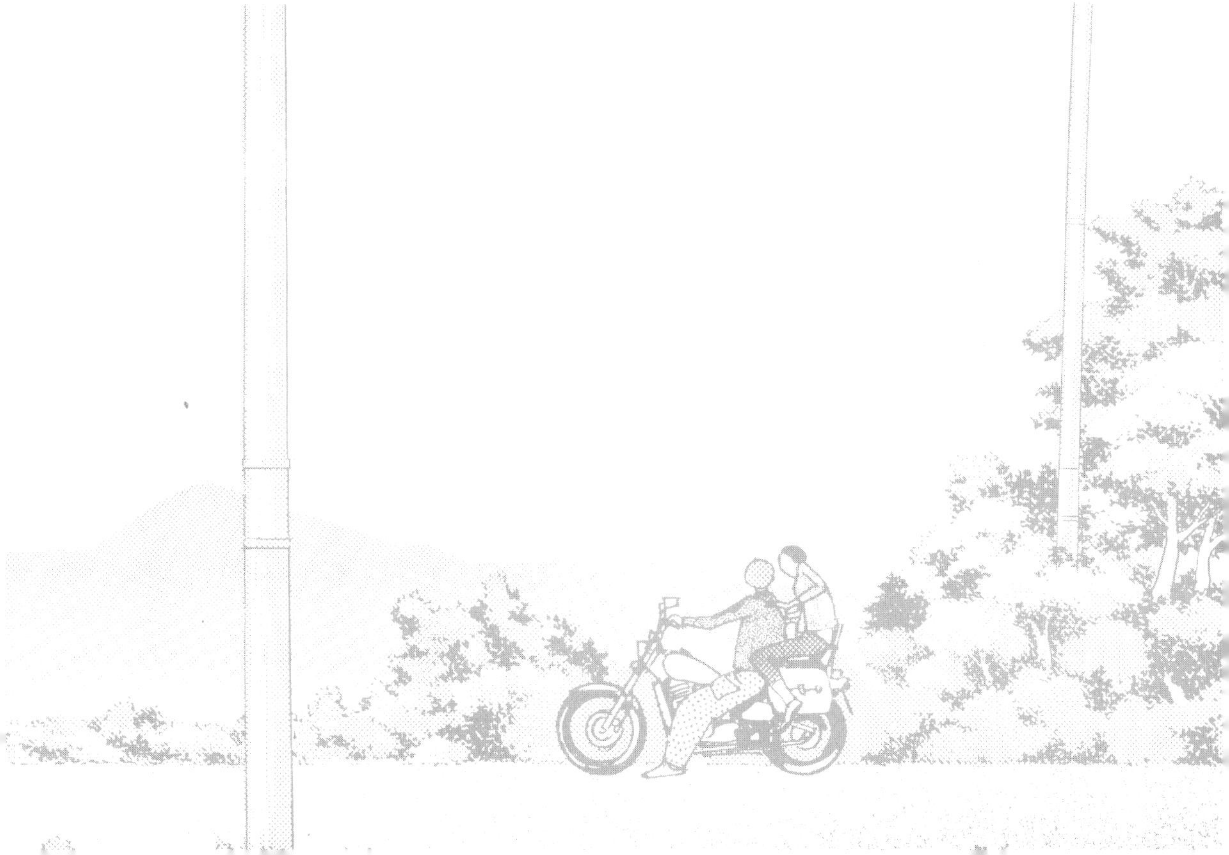

점촌시와
문경군이 통합해서
문경시가
된 기거든….
그럼 점촌이란
지명은 없어진
겁니까?
문경시 점촌동이
된 기지.
헤헤헤.
Hello
Hello

점촌역
Jeomchon Station
문경역이 폐쇄되믄서
이 점촌역이 그 역할을 대신 하니께네
점촌역에 사람이 좀 붐빕니더.
어서 오이소. 문경은 처음입니꺼?

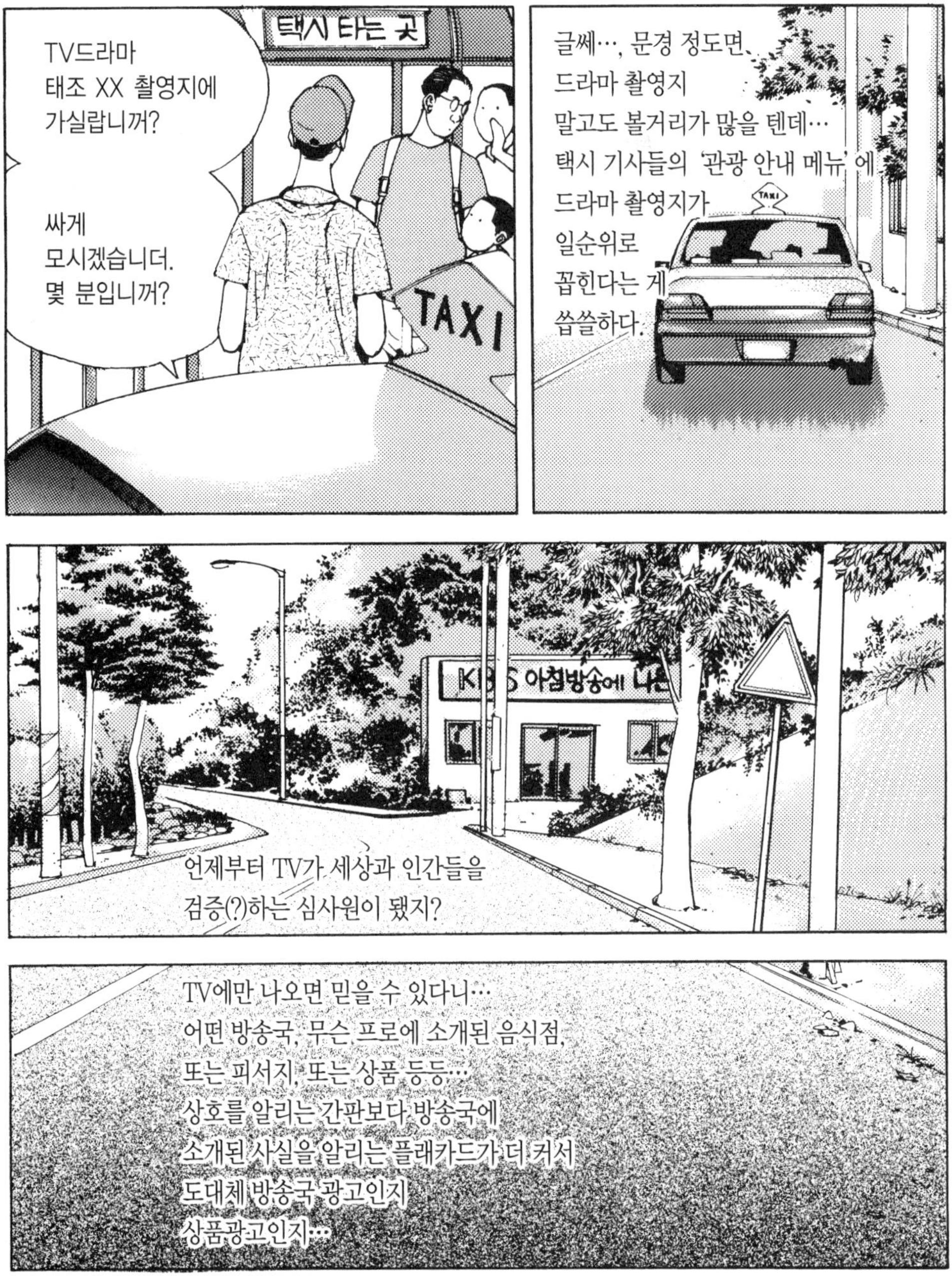
택시 타는 곳
TV드라마 태조 XX 촬영지에 가실랍니꺼?
싸게 모시겠습니더. 몇 분입니꺼?
TAXI
글쎄…, 문경 정도면 드라마 촬영지 말고도 볼거리가 많을 텐데… 택시 기사들의 '관광 안내 메뉴'에 드라마 촬영지가 일순위로 꼽힌다는 게 씁쓸하다.
TAXI
KBS 아침방송에
언제부터 TV가 세상과 인간들을 검증(?)하는 심사원이 됐지?
TV에만 나오면 믿을 수 있다니… 어떤 방송국, 무슨 프로에 소개된 음식점, 또는 피서지, 또는 상품 등등… 상호를 알리는 간판보다 방송국에 소개된 사실을 알리는 플래카드가 더 커서 도대체 방송국 광고인지 상품광고인지…

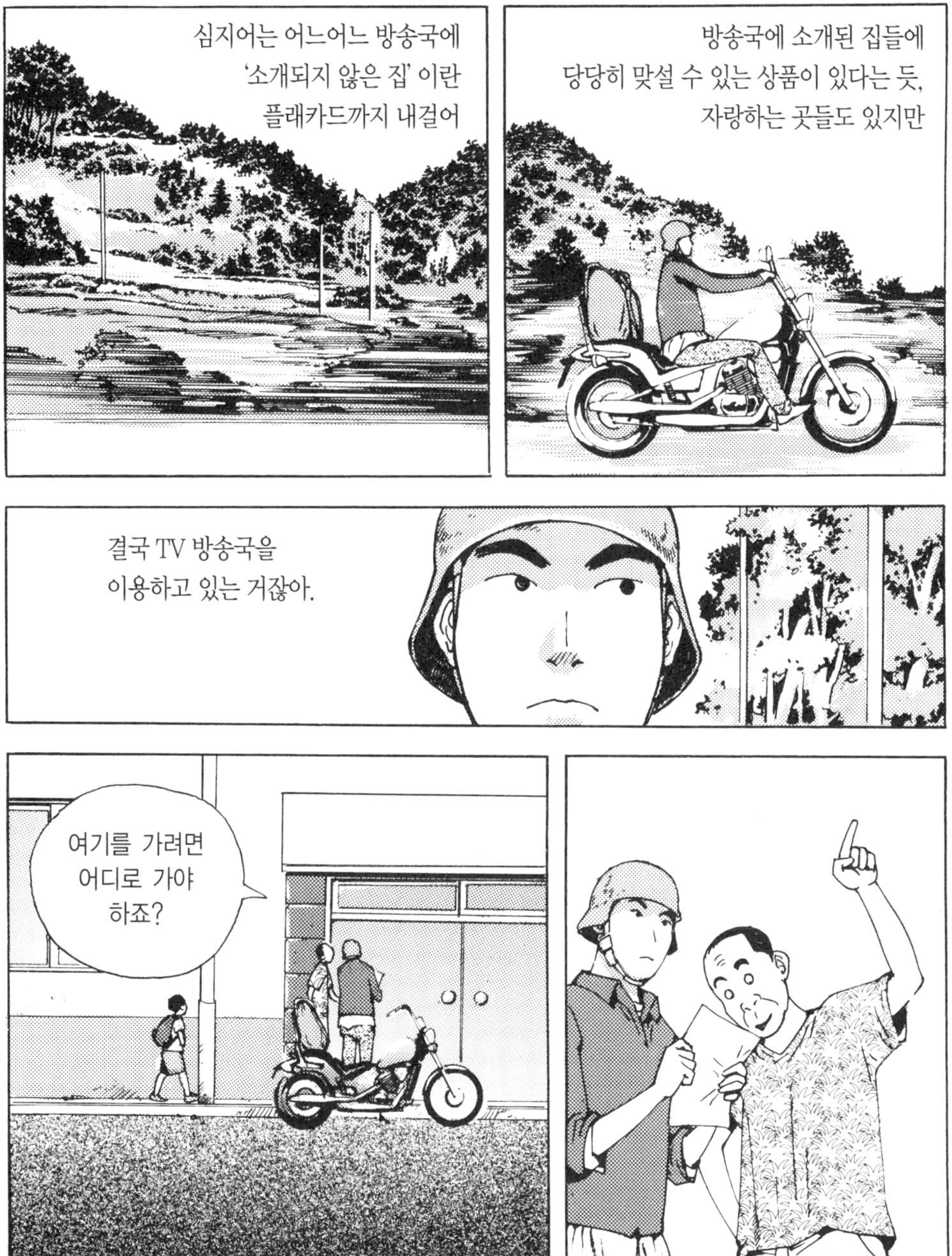
심지어는 어느어느 방송국에
'소개되지 않은 집' 이란
플래카드까지 내걸어
방송국에 소개된 집들에
당당히 맞설 수 있는 상품이 있다는 듯,
자랑하는 곳들도 있지만
결국 TV 방송국을
이용하고 있는 거잖아.
여기를 가려면
어디로 가야
하죠?

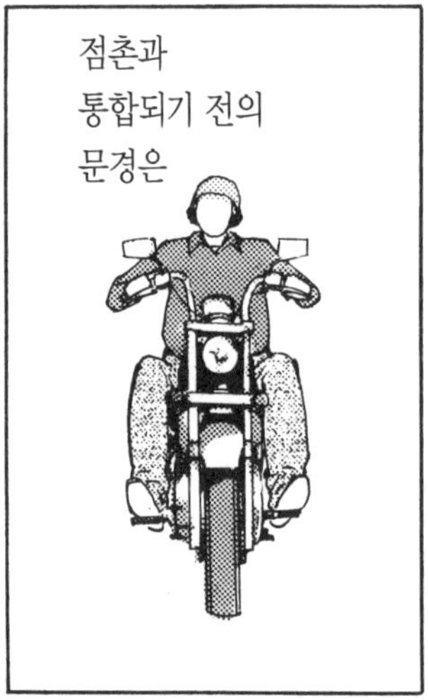
점촌과
통합되기 전의
문경은

정작 지금의
문경시와는
많이 떨어져 있다.

3번 국도를 따라
충주 쪽을 향해
북향하면…

그 유명한
옛 문경과
문경새재를 만나게 된다.

문경에 광산이 있었는데
이제 없어진께네 광부들이 모여 살던 마을도 없어지고…,
탄을 실어 나르던 기차도 없어지고….

벌겋게 녹슬은 레일,
3번 국도와 교차되는
문경선 건널목 멈춤 경고판은
페인트가 벗겨진 채
이미 레일을 덮은 잡풀들 속에
멋없이 삐쭉 목을 뺀 채 서 있다.
마치 기차를 기다리는 것처럼….

아…, 이 꽃
이름이 뭐더라.
신기초등학교 대성분교.
광부들이 다 빠져나갔으면
학생 수에 영향을 줬을 텐데
폐교되지 않고 아직
교정 지붕에 태극기가
펄럭인다.
경주에
텔레토비…,
…가 아니고
김병호 선생님
심부름으로
왔거든요.
경희 누나 이름을 되도록 감추는 거야….
딸기가 눈치채고 도망가지 않도록.

…….
문경초등학교는 저 안으로 더 들어가야 됩니더.
이 선생님 댁으로 직접 찾아갈라믄…,
약도 그려볼게요.
보세요, 여기 사거리가 나온다 안 합니꺼….
…….
근데…
?
교육 세미나 참가하셨기 때문에 이 선생님 아적 안 돌아오셨을 낀데….
…….

우두두둥
좋아,
어차피 오늘은
늦었으니까
우투투
어디서
밤을 보내고
날이 밝으면
우두둥
새벽같이
쳐들어가는
거야.

다들
잠에 취한 채
풀린 눈으로
웬일인가
하겠지.
딸기도…, 흐흐!
모습을 드러내게
된다 이거야.
우두두두둥
우두두둥
……,
내 오토바이와
같은 모델이다.

뭐, 내 오토바이야 헝그리 정신에 의해 누더기처럼 조립된 고물이지만…
이 오토바인 연식이 얼마 안 된 새 거다.
왜 그러십니까?
?
아, 예! 오토바이 구경 좀…,
서울 번호판인데… 서울서 오셨나요?
하하. 이렇게 같은 기종의 바이크 여행 동지를 만나서 반갑습니다.

민박이나 모텔은 지금 방이 없습니다.
마침 폐쇄된 문경역에 신세 좀 져볼까 하구요.
창문들이 다 깨져서 시원하겠네요.
조심하세요. 유리 파편들이 곳곳에 있거든요.
대합실
Waiting Room
전 노숙을 위해서 모기향도 가지고 다닙니다.
기적소리 간 데 없고 잡초만 무성코나. 하하!
…….
잡풀들이 애들 키만큼 자랐습니다. 나름대로 보기 좋죠?

문 경
間 慶
MUNGYEONG
진 남
나가는 곳
Way Out
고등학교 때 아르바이트로 피자 배달 일을 하다가…
오토바이를 배우게 됐죠.
지금은 월급쟁이라서 오토바이를 자주 못 타요.

이렇게
휴가를 내서
돌아다니고 싶은
데를 다닙니다.
정지
드실래요?
오토바이를
택하든지
자기를 택하든지
둘 중 하나를
택하라구,
여자친구가
위협을
하는 거예요.
오토바이 위험한 거
아니까 저러나 보다
하구 오토바이를
멀리 했죠.
근데 이 여자가
내가 군대 간 사이에
다른 놈 만나 떠난
거 있죠.
…….
별…
끝내 주네요.

글쎄, 뭐 나도 그렇게 돌아다니는 편이 아니라
정지
오토바이 여행다운 여행은 못해 봤지만
전라북도 무주에서 진안 쪽으로 내려가다가
국도에서 만난 아가씨 때문에 잊혀지지 않는 일이 하나 있네요.
들어 보실래요?
예.

에이, 듣고 싶지 않은 것 같은데?
듣고 싶습니다.
정말?
…듣고 싶어 미치겠습니다.
'미치겠다' 라…, 짜증난다는 뜻으로 들리네.
그때도 피서철이었거든요.
무주에서 민박을 찾아 하룻밤 자고 새벽같이 달리기 시작했으니 이른 아침쯤으로 생각되는데요….

무주에서 진안 쪽으로
달렸으니까
대략 30번 국도쯤으로
기억합니다.
태양을
머리에 이고
달리면
어떻다는 거
아시죠?
살갗이 드러난
목덜미가 따갑게
타는 건 차라리
즐거워요.

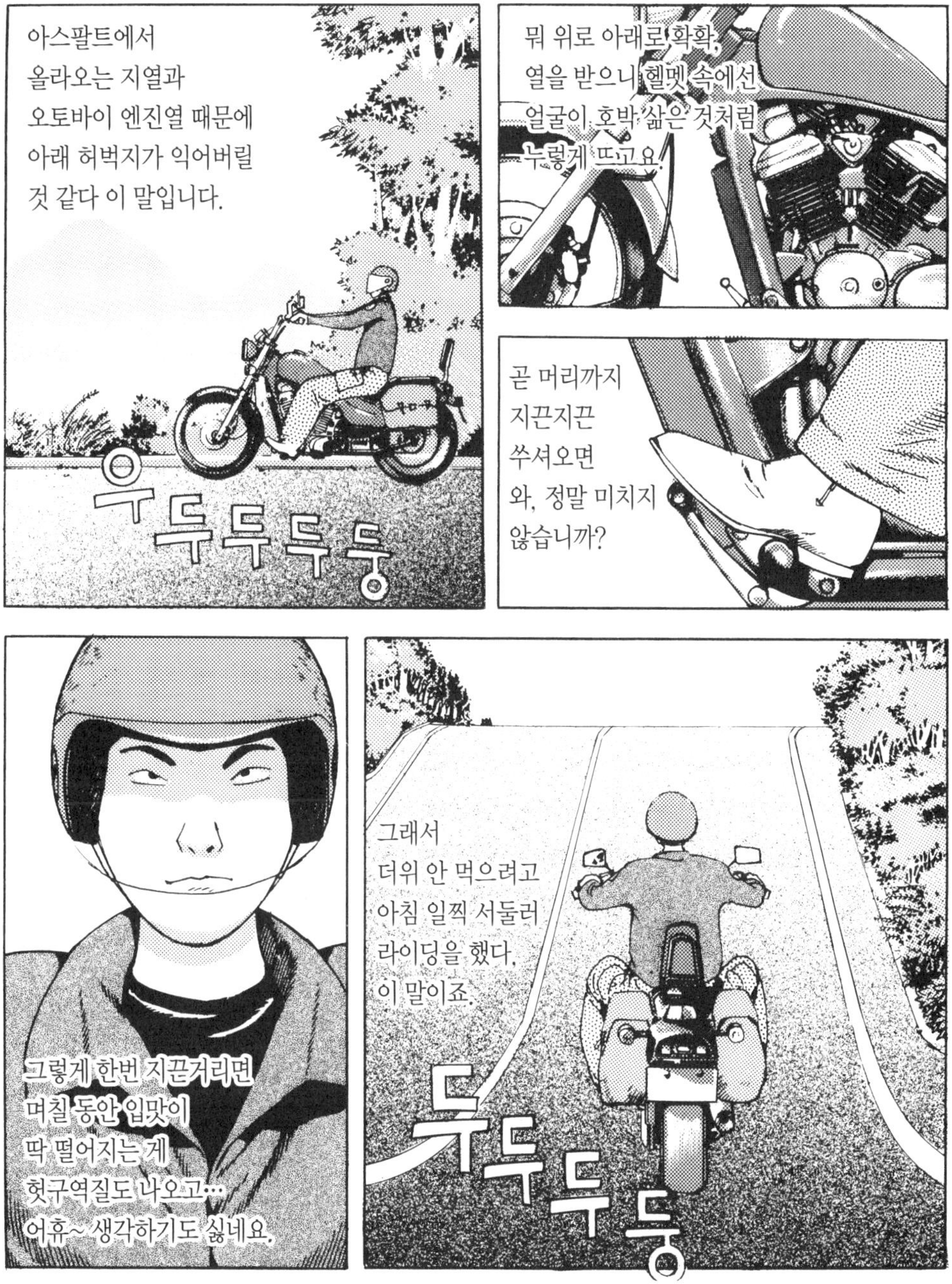
아스팔트에서
올라오는 지열과
오토바이 엔진열 때문에
아래 허벅지가 익어버릴
것 같다 이 말입니다.
우두두두둥
뭐 위로 아래로 확확.
열을 받으니 헬멧 속에선
얼굴이 호박 삶은 것처럼
누렇게 뜨고요.
곧 머리까지
지끈지끈
쑤셔오면
와, 정말 미치지
않습니까?
그렇게 한번 지끈거리면
며칠 동안 입맛이
딱 떨어지는 게
헛구역질도 나오고…
어휴~ 생각하기도 싫네요.
그래서
더위 안 먹으려고
아침 일찍 서둘러
라이딩을 했다,
이 말이죠.
두두두둥

이른 아침,
신선한 공기.
상쾌도 하다아.
우두두두둥
바로 이 맛에 두 바퀴 탄다.
고속버스나 기차를 혼자 타게 될 경우…
내 옆자리는 어떤 사람이 앉게 될까,

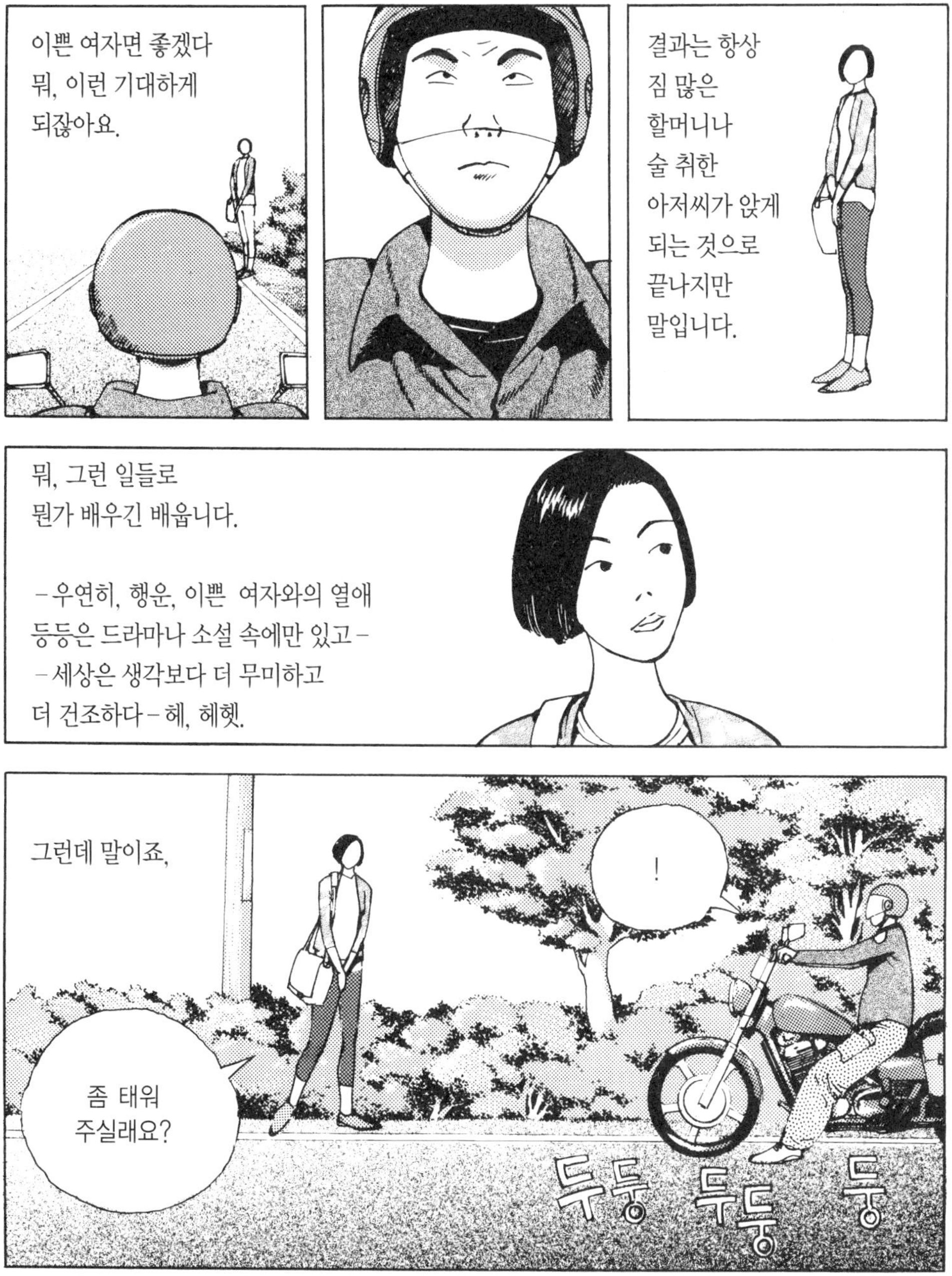
이쁜 여자면 좋겠다
뭐, 이런 기대하게
되잖아요.
결과는 항상
짐 많은
할머니나
술 취한
아저씨가 앉게
되는 것으로
끝나지만
말입니다.
뭐, 그런 일들로
뭔가 배우긴 배웁니다.
-우연히, 행운, 이쁜 여자와의 열애
등등은 드라마나 소설 속에만 있고-
-세상은 생각보다 더 무미하고
더 건조하다- 헤, 헤헷.
그런데 말이죠,
!
좀 태워
주실래요?
두둥 두둥 둥

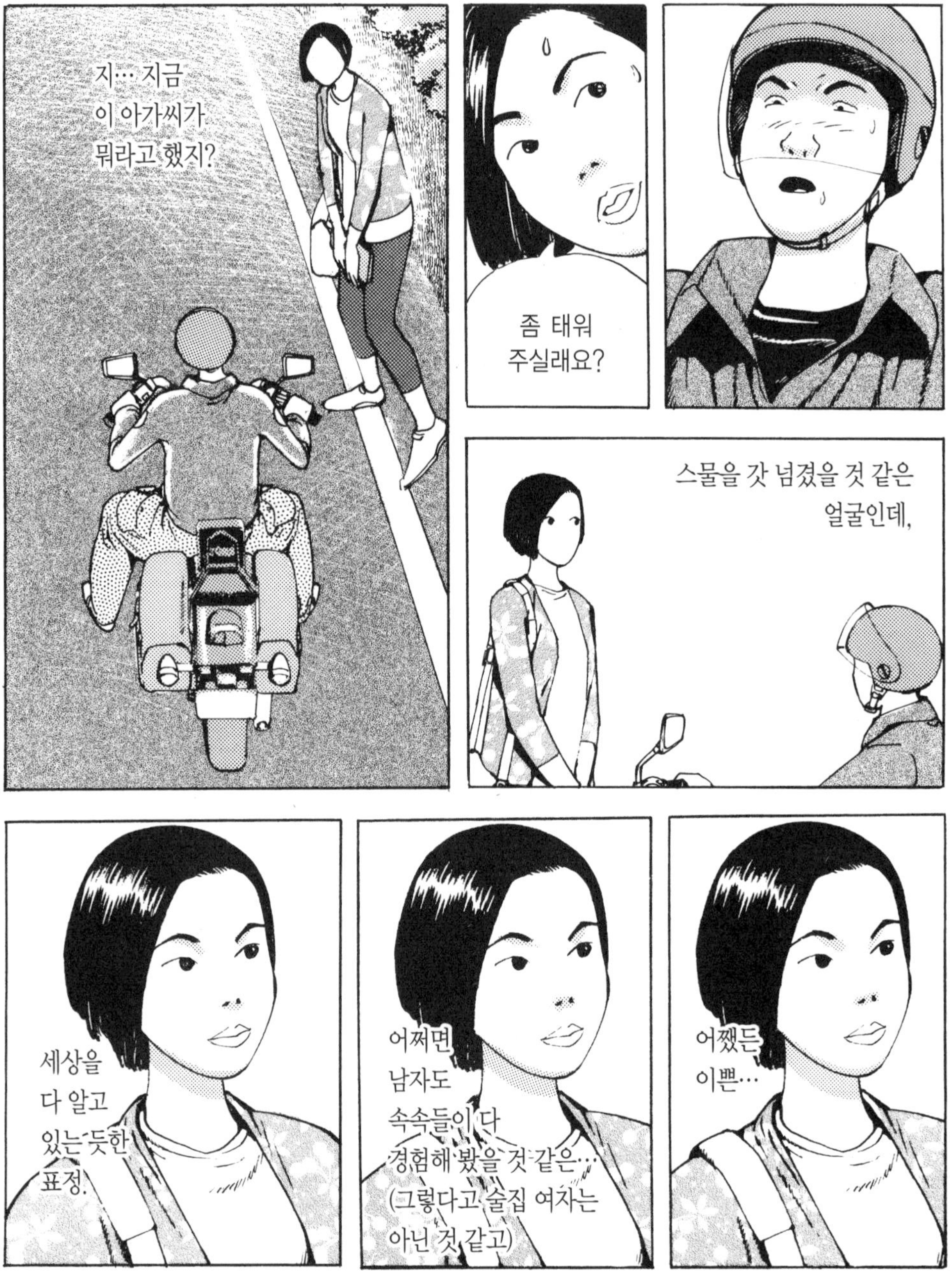
지… 지금
이 아가씨가
뭐라고 했지?
좀 태워
주실래요?
스물을 갓 넘겼을 것 같은
얼굴인데,
세상을
다 알고
있는 듯한
표정.
어쩌면
남자도
속속들이 다
경험해 봤을 것 같은…
(그렇다고 술집 여자는
아닌 것 같고)
어쨌든
이쁜…

…여자요.
…타…
꿀꺽,
……
타시지요.
!

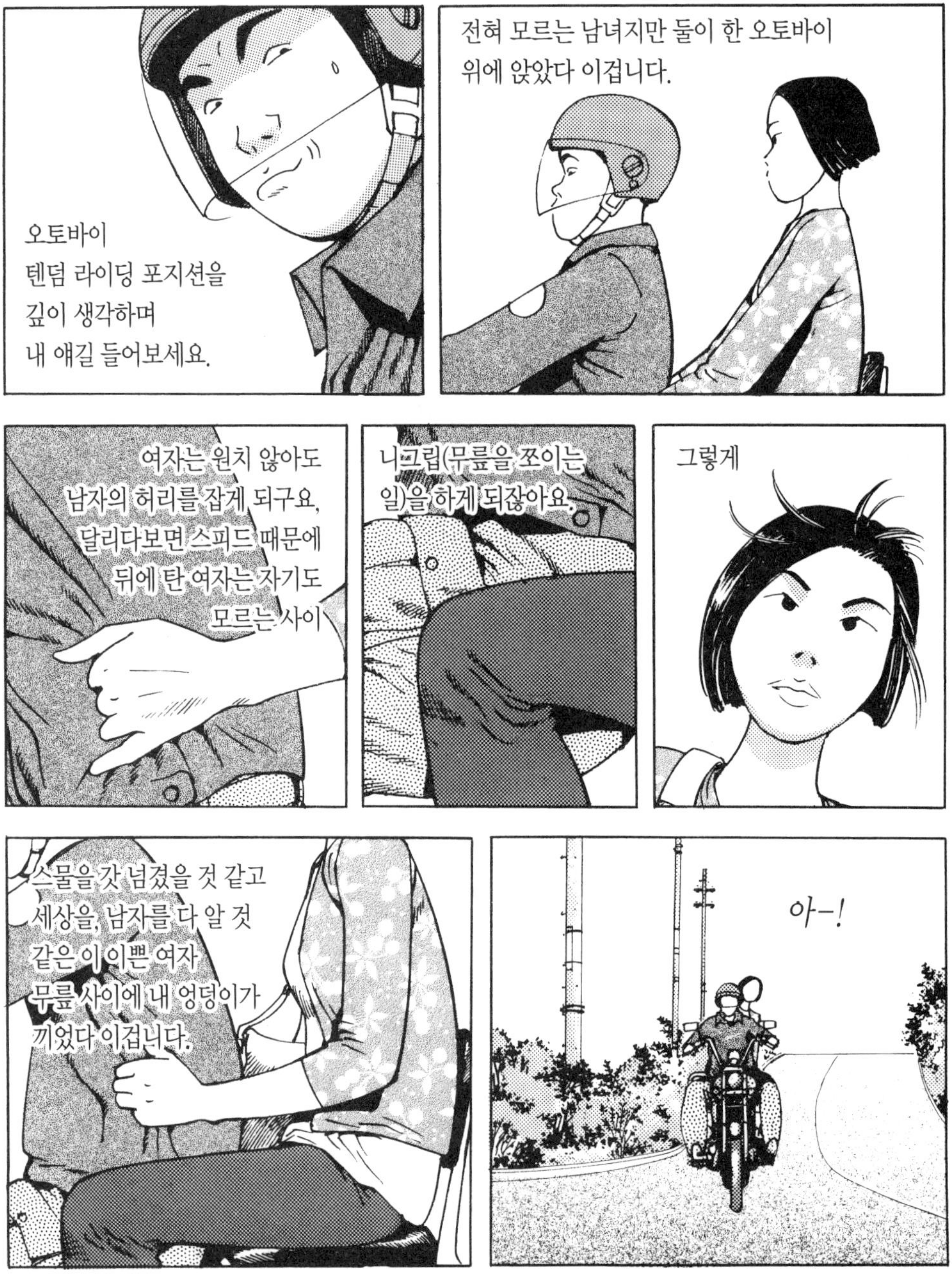
오토바이
텐덤 라이딩 포지션을
깊이 생각하며
내 얘길 들어보세요.
전혀 모르는 남녀지만 둘이 한 오토바이
위에 앉았다 이겁니다.
여자는 원치 않아도
남자의 허리를 잡게 되구요,
달리다보면 스피드 때문에
뒤에 탄 여자는 자기도
모르는 사이
니그립(무릎을 쪼이는
일)을 하게 되잖아요.
그렇게
스물을 갓 넘겼을 것 같고
세상을, 남자를 다 알 것
같은 이 이쁜 여자
무릎 사이에 내 엉덩이가
끼었다 이겁니다.
아-!

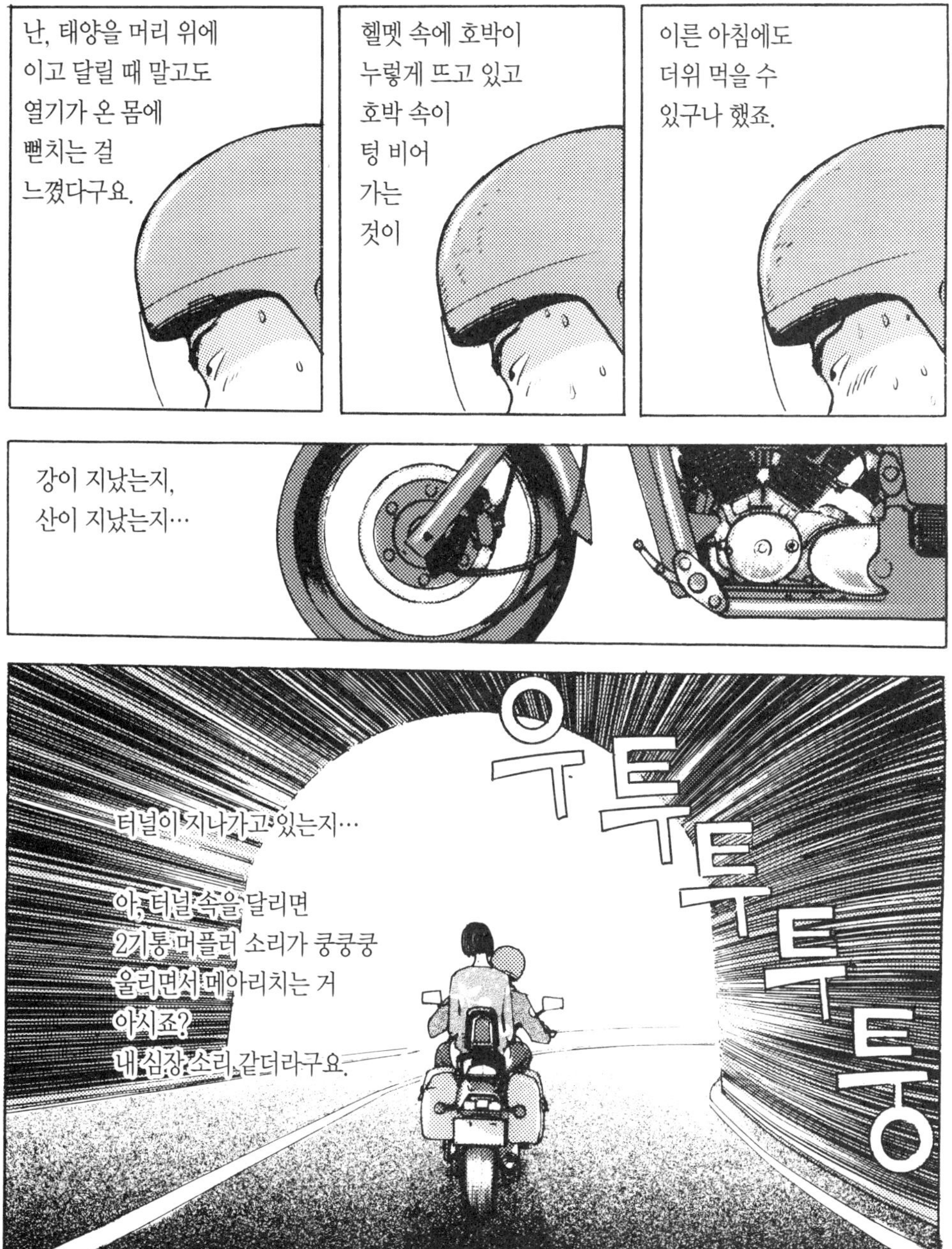
난, 태양을 머리 위에 이고 달릴 때 말고도 열기가 온 몸에 뻗치는 걸 느꼈다구요.
헬멧 속에 호박이 누렇게 뜨고 있고 호박 속이 텅 비어 가는 것이
이른 아침에도 더워 먹을 수 있구나 했죠.
강이 지났는지, 산이 지났는지…
터널이 지나가고 있는지…
아, 터널 속을 달리면 2기통 머플러 소리가 쿵쿵쿵 울리면서 메아리치는 거 아시죠? 내 심장 소리 같더라구요.
우투투투퉁

막 터널을
빠져나오자마자
헉!
두두두두둥
이, 이게 뭐야.
아, 안개다.
짙은 안개.
한 치 앞을 내다 볼 수 없다는 말, 아시죠?

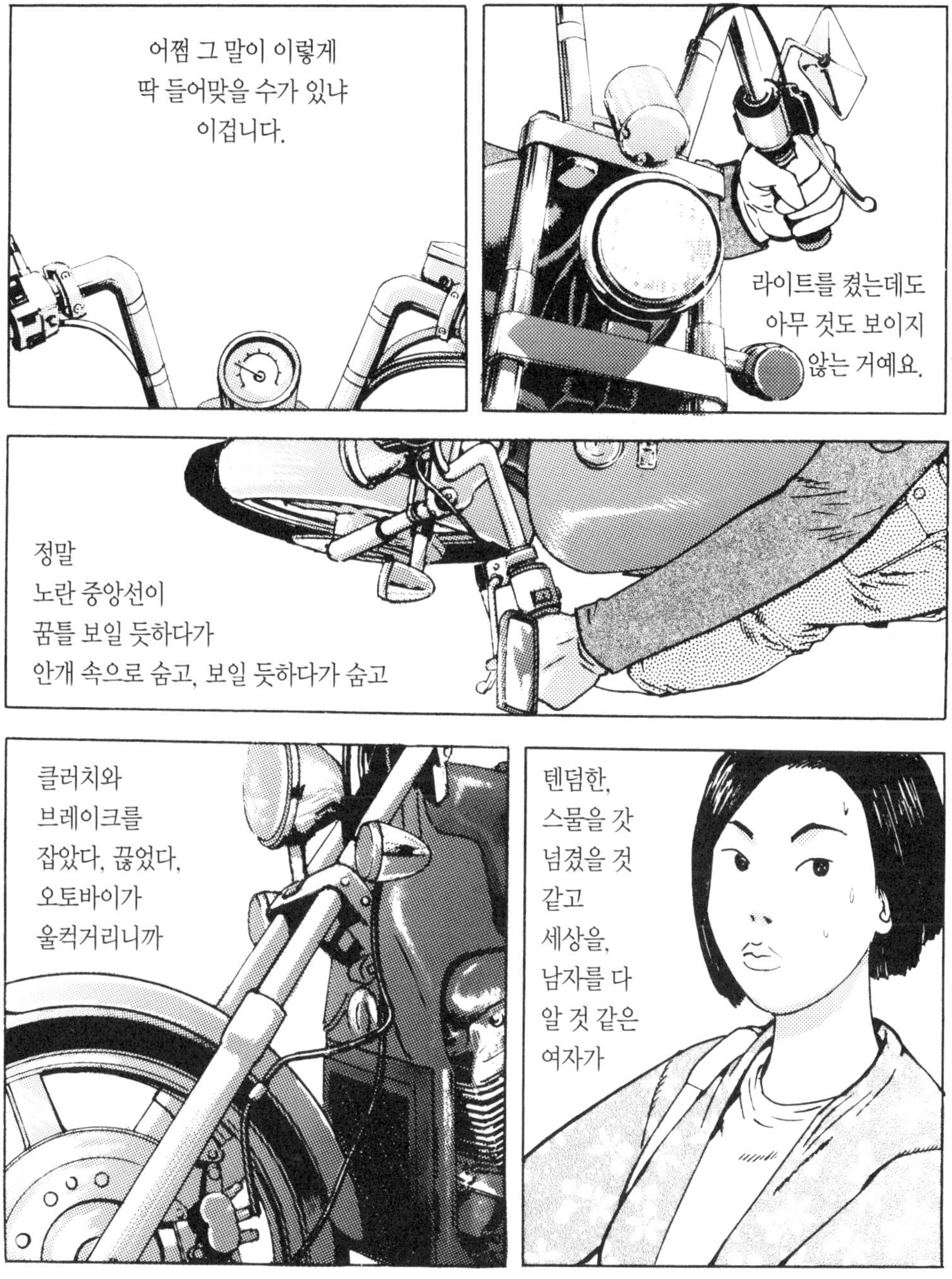
어쩜 그 말이 이렇게 딱 들어맞을 수가 있냐 이겁니다.
라이트를 켰는데도 아무 것도 보이지 않는 거예요.
정말 노란 중앙선이 꿈틀 보일 듯하다가 안개 속으로 숨고, 보일 듯하다가 숨고
클러치와 브레이크를 잡았다, 끊었다, 오토바이가 울컥거리니까
텐덤한, 스물을 갓 넘겼을 것 같고 세상을, 남자를 다 알 것 같은 여자가

내 등에
바짝
붙었습니다.
아니,
내리막길이라
어쩔 수 없이 앞쪽으로 쏠려
내 등에 밀착된 겁니다.
여자랑
바짝 붙어 앉아서
좋았겠다구요?
'낭떠러지 조심' 이라는
안개 속 팻말만
보지 않았어도
혹 그랬을지 모르겠네요.
50센티 길이밖에 보이지 않는
노란 중앙선을 따라
천천히 아주 천천히
진땀을 흘리며
내려갔습니다.
꾸욱
!

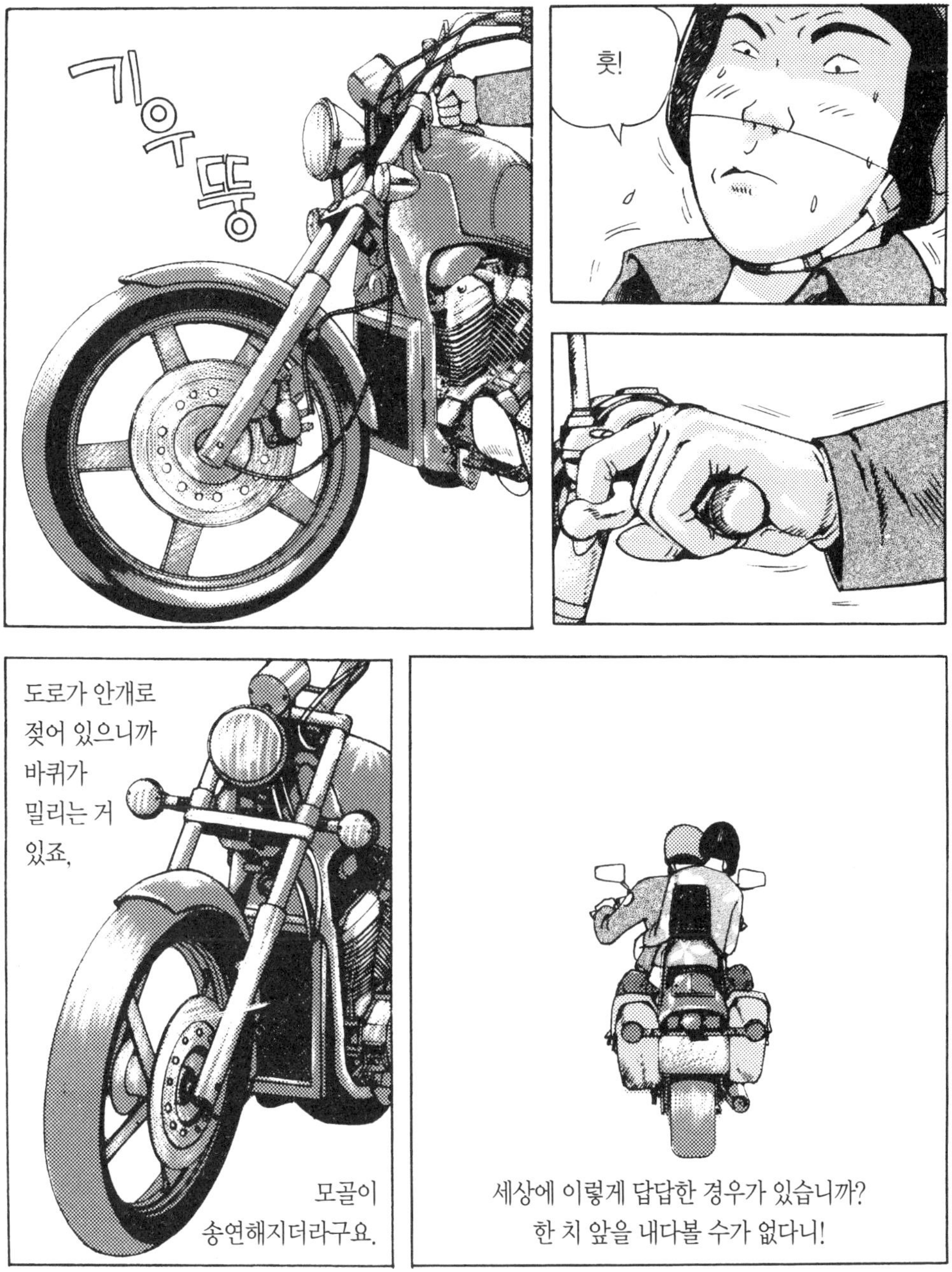
기우뚱
훗!
도로가 안개로 젖어 있으니까 바퀴가 밀리는 거 있죠,
모골이 송연해지더라구요.
세상에 이렇게 답답한 경우가 있습니까?
한 치 앞을 내다볼 수가 없다니!

-이른 아침 주행 때는
안개를 조심하라-
예.
또 하나
배웠습니다.
50센티 길이로
보이던
중앙선이
10미터 이상 길이로
보이기 시작하더니
어느 순간 도로가
확 트이는 것이 안개 속의
낭떠러지를 빠져 나온
거예요.
투투투투
아!

20여 분 간의
안개 속 주행이
20시간처럼 느껴졌던
기분을 누가 알겠습니까!
아니, 텐덤한
그녀는 알았습니다.
사… 상쾌도
하다아~
잠깐…!
?
…….

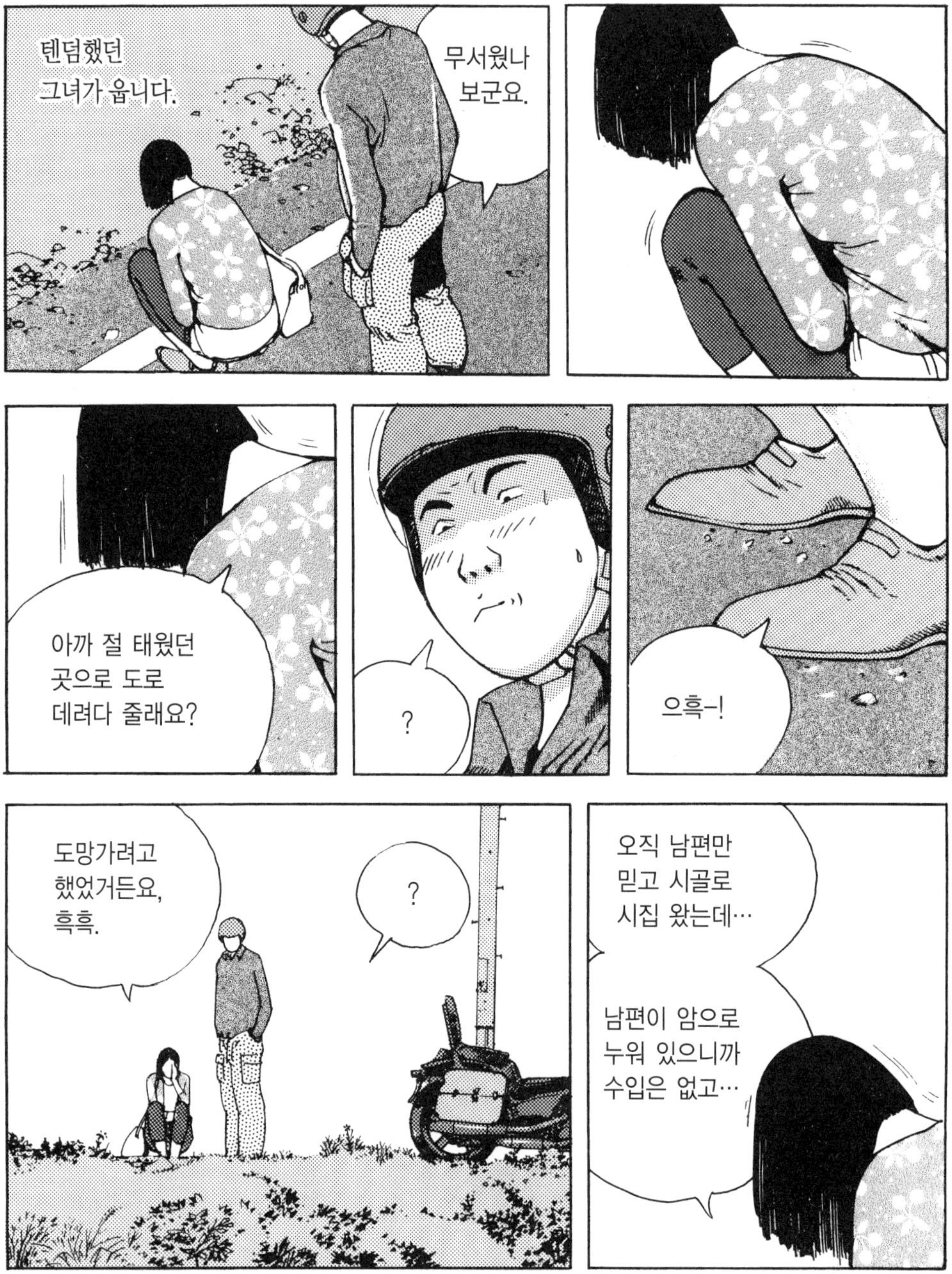
텐덤했던
그녀가 웁니다.
무서웠나
보군요.
아까 절 태웠던
곳으로 도로
데려다 줄래요?
?
으흑-!
도망가려고
했었거든요,
흑흑.
?
오직 남편만
믿고 시골로
시집 왔는데…
남편이 암으로
누워 있으니까
수입은 없고…

돌 지난 아이 업고 돈 벌 수 있는 일은 없어요. 으허엉~!
손 벌릴 일가친척도 없고….
아이가 잠에서 깨기 전에 도망 나왔어요, 엉엉~!
남편도 버리고 애도 버리고 멀리 도망가려고….
막 오토바이를 발견해서 얻어 탔는데 안개 속이라니…,
가만히 생각해보니 내 삶도 안개 속과 같은 거예요.
답답해서 너무 답답해서…
어느새 안개가 걷히고 확 트인 경치랑… 밝은 해가 보이니까 막 눈물이 쏟아지는 거 있죠.
그래, 병든 남편, 돌을 갓 지난 아이, 안개 같은 내 삶이지만 밝은 해, 볼 날이 있겠지… 생각하고 마음을 고쳐먹었어요. 저를 도로 데려다 주세요. 엉엉엉~!
…….

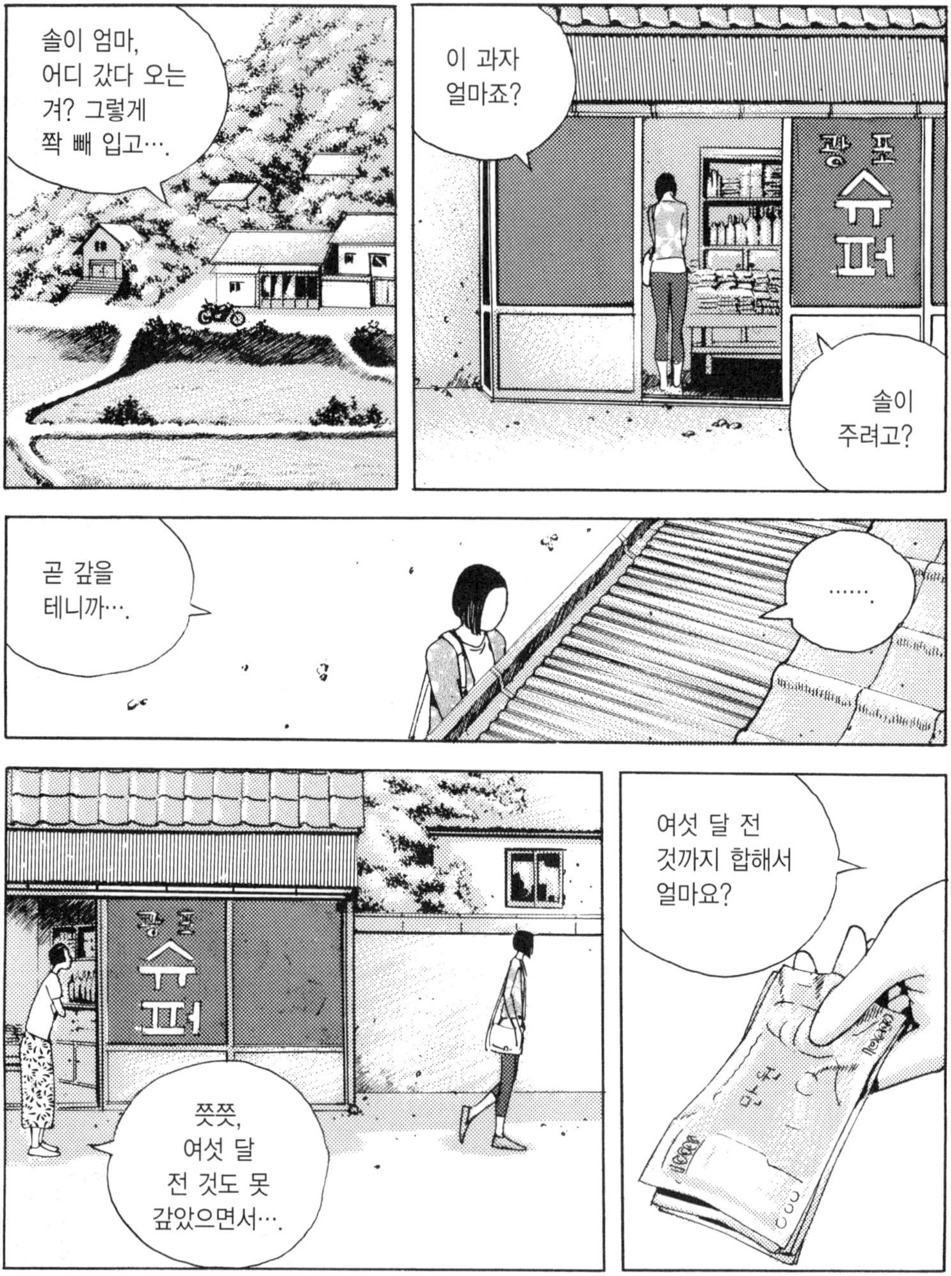
솔이 엄마, 어디 갔다 오는 겨? 그렇게 쫙 빼 입고….
이 과자 얼마죠?
슈퍼
솔이 주려고?
곧 갚을 테니까….
…….
쯧쯧, 여섯 달 전 것도 못 갚았으면서….
슈퍼
여섯 달 전 것까지 합해서 얼마요?

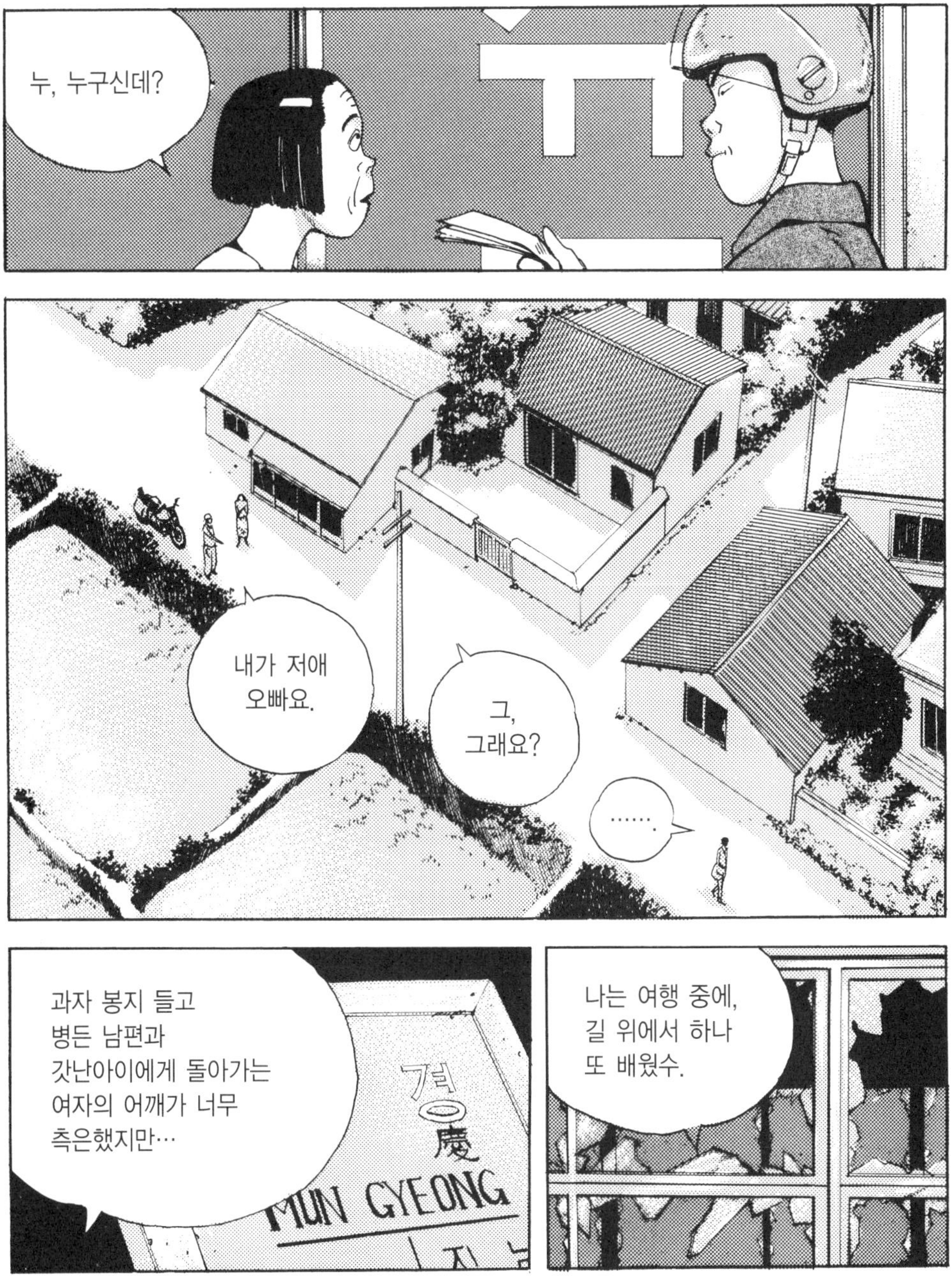
누, 누구신데?
내가 저애 오빠요.
그, 그래요?
…….
과자 봉지 들고 병든 남편과 갓난아이에게 돌아가는 여자의 어깨가 너무 측은했지만…
慶
MUN GYEONG
나는 여행 중에, 길 위에서 하나 또 배웠수.

'안개는 태양이 떠오르면 깨끗하게 사라진다는 것'을….
잊지 못할 텐덤사건이죠….
응? 잠들었어요?
쩝.
이런…, 나 혼자 떠벌린 거야?
…….
우리 어머니는 저 분과 텐덤했던 그 여자처럼 다시 돌아올 수는 없었던 거야….

나가는곳
Way Out 出口
솔솔 스르르르
정지
나가는곳
나도 지금
안개 속이지?
……

# 텐덤 [Tandem] • p 84

명사 1. 2인용 자전거.
2. 두 필의 말이 앞뒤로 늘어서서 끄는 마차.
3. 직렬식(直列式) 기관

원 단어의 의미에서 확장되어 관용적으로 둘이 함께 오토바이를 타는 것을 말한다. 특히 오토바이 뒷좌석에 사람을 태우고 달리는 여행을 텐덤 투어링 혹은 텐덤 라이딩이라고 한다.
완벽한 텐덤을 즐기기 위해서는 텐덤 사양으로 오토바이를 조정할 필요도 있다. 서스펜션은 조금 더 딱딱하게, 백미러의 위치도 조정해 둔다. 백미러를 만지는 이유는 뒤에 사람이 타면 바이크의 뒤가 내려앉고 앞이 들릴 경우도 있고 뒷좌석의 동승자 때문에 시야가 가려질 수도 있다. 무엇보다 텐덤 투어 시 가장 염두해 둘 것은 무엇보다 운전자가 두 사람이 함께 타고 있다는 것을 의식하며 주행해야 한다는 것이다.

| 제4화 |

# 문경 새재

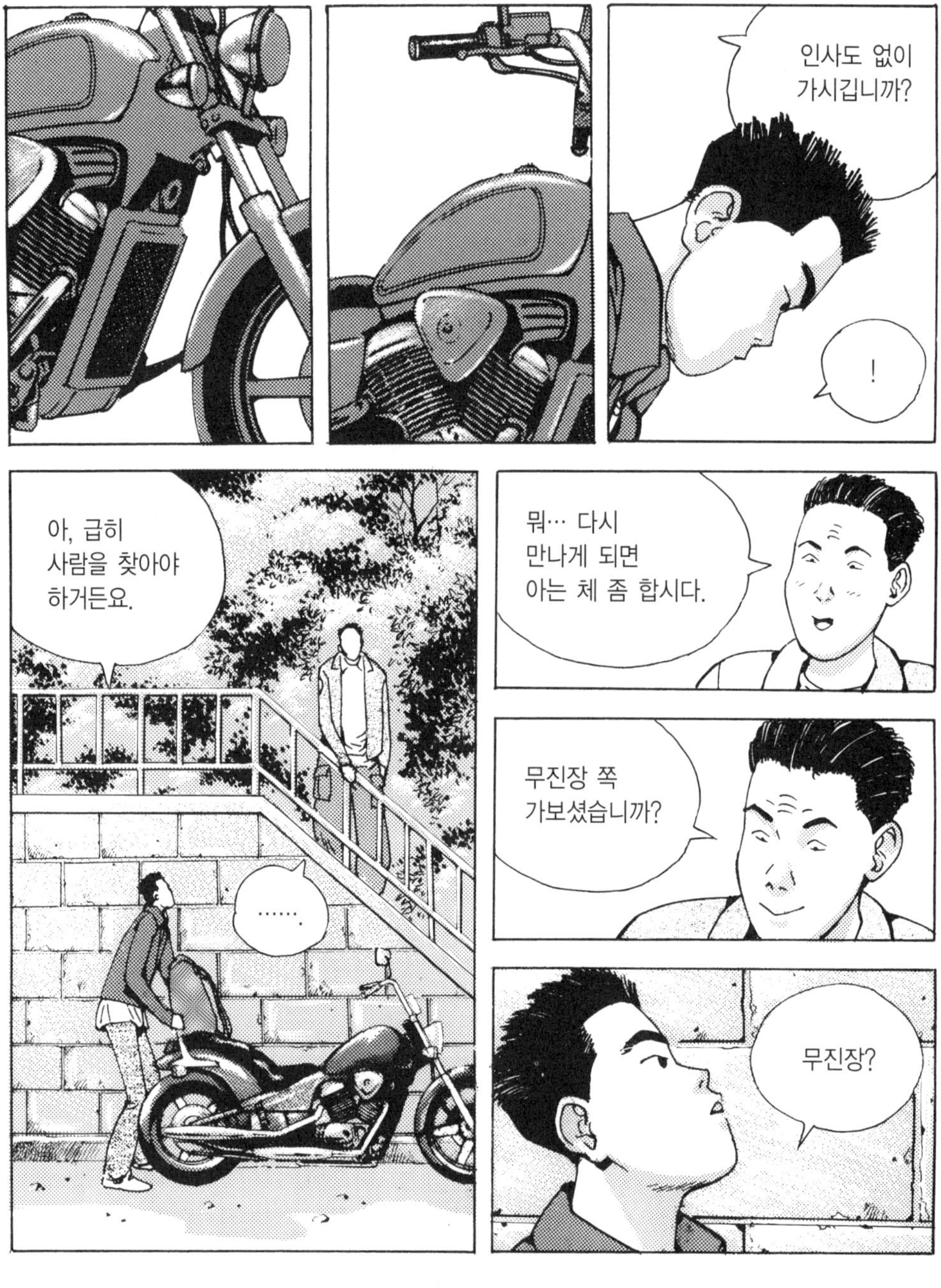
인사도 없이
가시깁니까?
!
아, 급히
사람을 찾아야
하거든요.
……
뭐… 다시
만나게 되면
아는 체 좀 합시다.
무진장 쪽
가보셨습니까?
무진장?

…무진장 눈이 많이 오고 무진장 길이 험했지만
뭐 지금은 길이 쫙 닦여서 부담없이 달릴 수 있으니까.
…….
무주, 진안, 장수, 첫 자만 따서 무진장!
…….
난 누가 여행 코스를 물으면 꼭 그곳을 추천하거든….
지금도 그곳에 가면 오토바이 태워 달라는 이쁜 여자가 있을까요?

오늘이 문경 장날 아입니까?
2일, 7일, 12일, 이렇게 5일씩 건너 열리는 5일장입니다.
무슨 수박이 이렇게 많아요.
새재에 놀러 오는 피서객이나 관광객들이 장을 더 많이 본다 안 합니까.
딸기가 묵고 있는 집을 찾았다.
장터는 벌써부터 부산 하지만
이 집은 아직도 잠에서 덜 깼는지 움직이는 사람 하나 없이 조용하다.

탕
탕
탕
누구신데…
벨을 누르지 않고….
삐이이이...
누구세요?
대성분교 선생님께서 이리 가라고 가르쳐줘서 왔습니다.
스윽
!

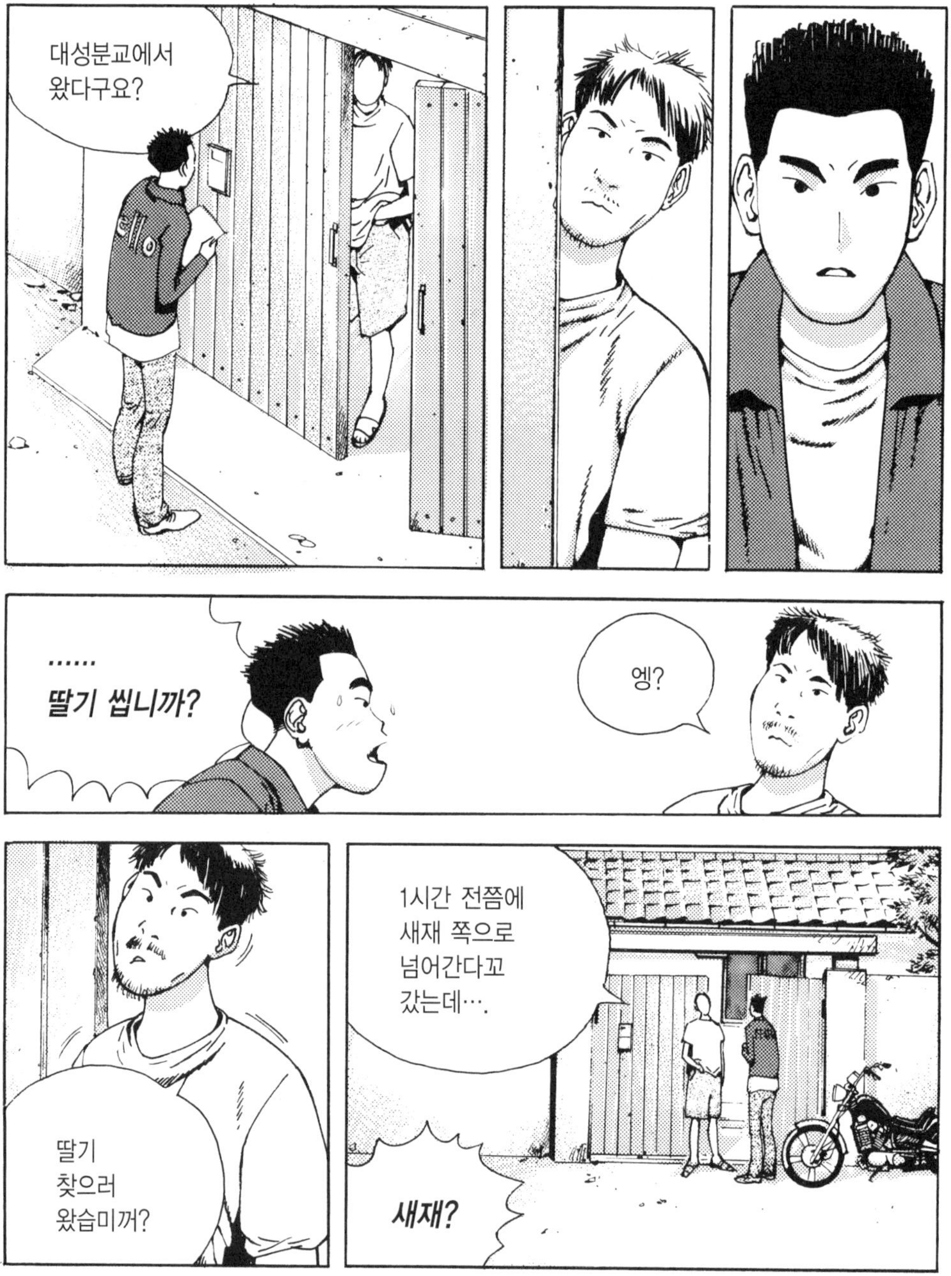
대성분교에서
왔다구요?
……
딸기 씹니까?
엥?
딸기
찾으러
왔습미꺼?
1시간 전쯤에
새재 쪽으로
넘어간다꼬
갔는데….
새재?

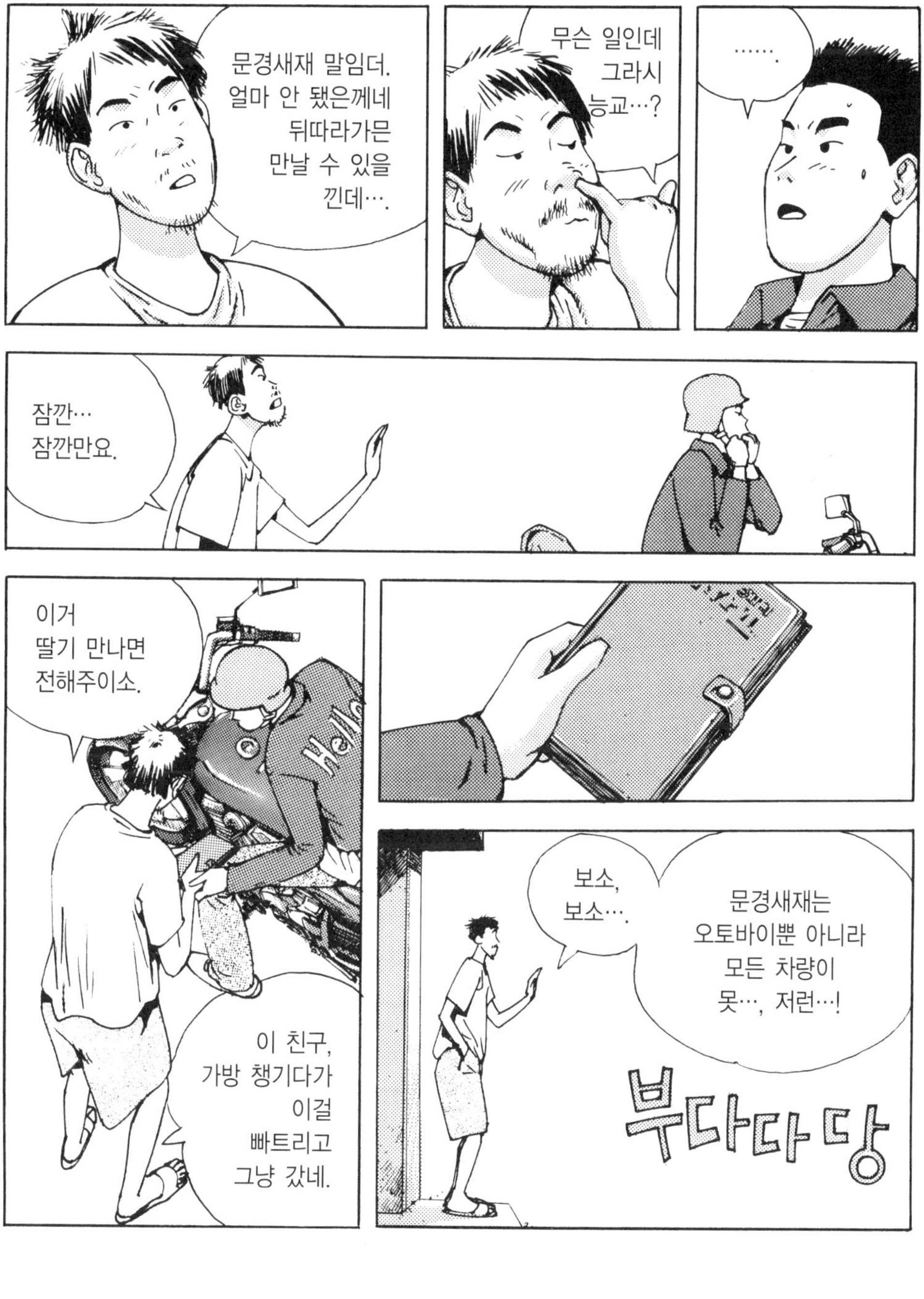
문경새재 말임더. 얼마 안 됐은께네 뒤따라가믄 만날 수 있을 낀데….
무슨 일인데 그라시능교…?
…….
잠깐… 잠깐만요.
이거 딸기 만나면 전해주이소.
이 친구, 가방 챙기다가 이걸 빠트리고 그냥 갔네.
보소, 보소….
문경새재는 오토바이뿐 아니라 모든 차량이 못…, 저런…!
부다다당

문경새재
오토바이는 못 들어갑니다.
그, 그럼…
새재는 걸어서 넘도록 관리하고 있습니다.
이 재를 넘어가믄 수안보인데
차 끌고 오신 분덜은 가족 중에 한 분이 차를 몰고 소조령을 넘어 수안보로 먼저 가서 기다리고
다른 분들은 걸어서 새재를 넘어가 수안보에서 서로 만난다 안 합미꺼.
문경새재 들어가면 수안보 말고 다른 곳으로 나가는 길은 없습니까?
굳이 등산을 할라믄…

등산로가 있어서 다른 곳으로 갈 수는 있지만
이 새재를 넘는 일반 관광객들은 수안보로 갑니다.
수안보도 여기처럼 입구에 매표소가 있고요….
그쪽에서 이쪽으로 표를 끊어서 넘어 오기도 합니다.
걸어서 넘는데 두세 시간 걸립니다. *'30리재' 라고 안 합미꺼.
…….
딸기가 한 시간 전쯤에
이 문경새재를 넘기 시작했다면
앞으로 한 시간이나 두 시간 후면 수안보로 넘어간다.
미리 수안보 입구 쪽으로 달려가서 딸기를 기다리는 거야.

* 문경새재는 1관문에서 3관문까지 이어지는데 이 길이가 약 7km, 30리 정도에 해당한다.

물 좋고
산 좋고,
아따, 여가 분명
문경이지라.
호남 말씨
쓰시는데…
여기 새재는 무슨
일입니꺼?
으메…
징한 사연 또
풀어 놓게
되네이.
과거를 두 번씩
쳐불고 먹물만
두 사발 먹응께로
이젠 매사가
조심조심
이지라.
조심?

내 고향 호남에서 추풍령을 넘어 과거시험을 보러 갔지라.
추풍령!
이 웬수 같은 추풍령.
재 이름이 추풍인께로 시험을 보면 추풍낙엽처럼 떨어진당게라.
삼수생 처진데 또 추풍령을 넘을 수 있나, 죽령을 넘자니 죽처럼 미끄러질 것 같고… 이자, 문경(경사스런 소식)재를 넘어 추풍낙엽 처지를 면해야 쓰것다 이거지라.
추풍령(김천, 황간)
한양
문경새재
죽령(영주, 단양)
오메, 이끼 낀 성벽이 고색창연 하구만이라.
내는 올해 처음 시험 본다 안 함미꺼. 호남 선비님 말씀대로라면 문경재 넘는 지는 재수 참 좋은 기네여.
여가 제1관문 (주흘관)이구만.

과거급제하게
해주이소.
치성 드려
돌탑 쌓습니더.
성벽을 돌아드니
아하, 돌탑 봐라,
무슨 소원들 빌었길래
쌓고 쌓은 돌이
무너져 또 쌓였누.

이 바우가
지름(기름)틀 바우
아인교?
지름 짜려고
누르는 틀처럼
생겨부렀구만, 참
묘하게 생겼다.

오메, 저기 누구여?
이 호젓한 길에 웬 처자여?
이 문경새재는 관문이 4개가 있습지요.
4개라니? 새재관문은 3개라는 거 삼척동자도 압니다.
1관문과 2관문 사이에 조령원(관리들의 숙식 등을 제공하는 곳)이 있는데
그 조령원 맞은 편 으슥한 숲속에는 바로 급제관문이라는 소녀가 있습니다.
소녀를 통과한 선비들은 모두 과거급제를 해서 그 선비들이 소녀를 급제관문이라고 불러 주지요.
……
꿀꺽
……
스윽

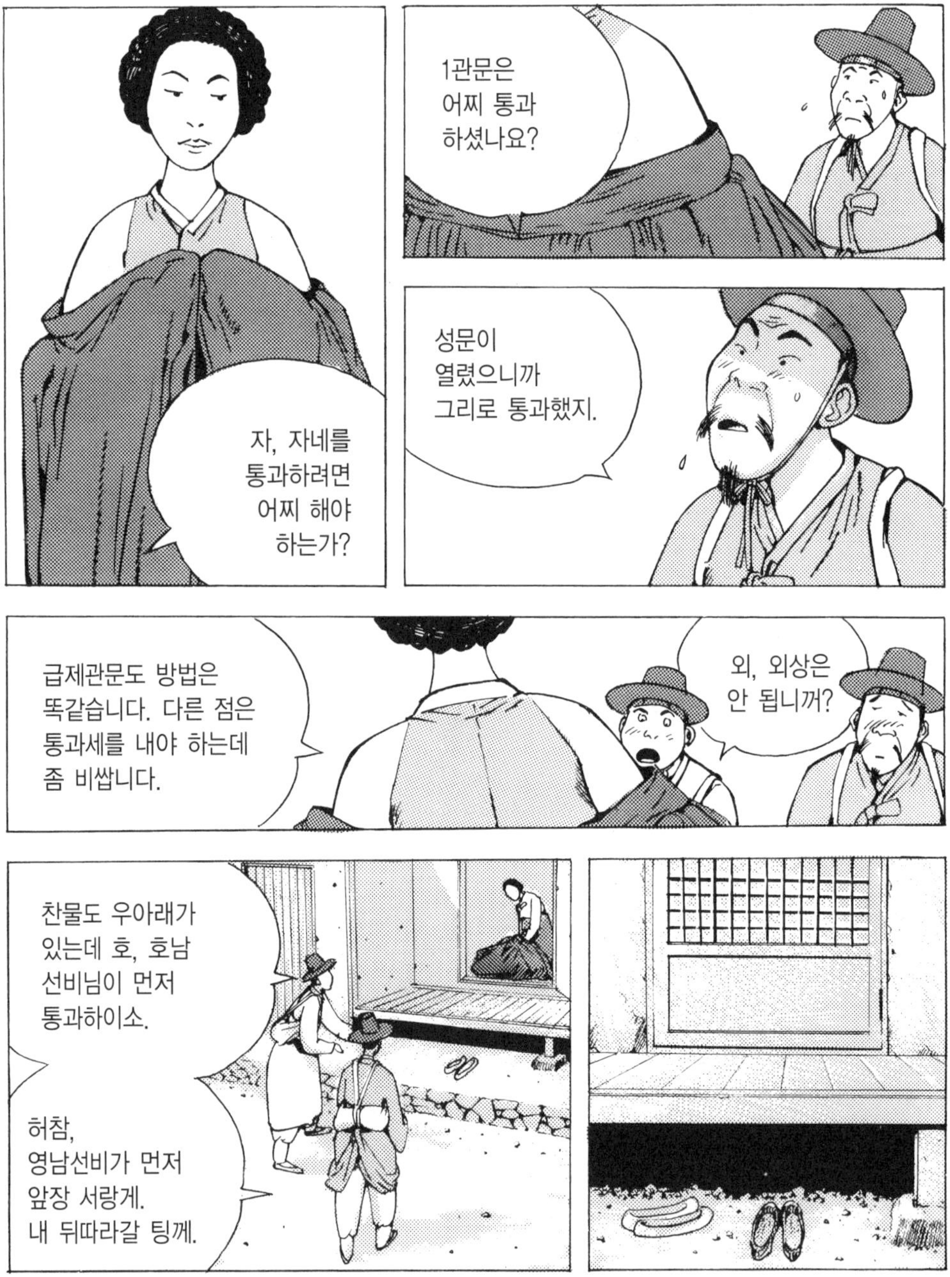
1관문은 어찌 통과 하셨나요?
성문이 열렸으니까 그리로 통과했지.
자, 자네를 통과하려면 어찌 해야 하는가?
급제관문도 방법은 똑같습니다. 다른 점은 통과세를 내야 하는데 좀 비쌉니다.
외, 외상은 안 됩니꺼?
찬물도 우아래가 있는데 호, 호남 선비님이 먼저 통과하이소.
허참, 영남선비가 먼저 앞장 서랑게. 내 뒤따라갈 팅께.

덜컹
왜? 그리 급히 나오는가?
내보고 급제관문 통과할 자격이 없다고 쫓아내는 깁니더.
뭐 땜시 영남 선비를 문전박대 하셨나?
새재 1관문을 통과하고 뭐 보고 느낀 것이 없냐고 물었죠.
보고 느낀 것이라….
치성 드려 쌓은 돌탑을 보며 정성을 배웠지.
그 다음…
지름(기름)틀 바우를 봤지….
그것!

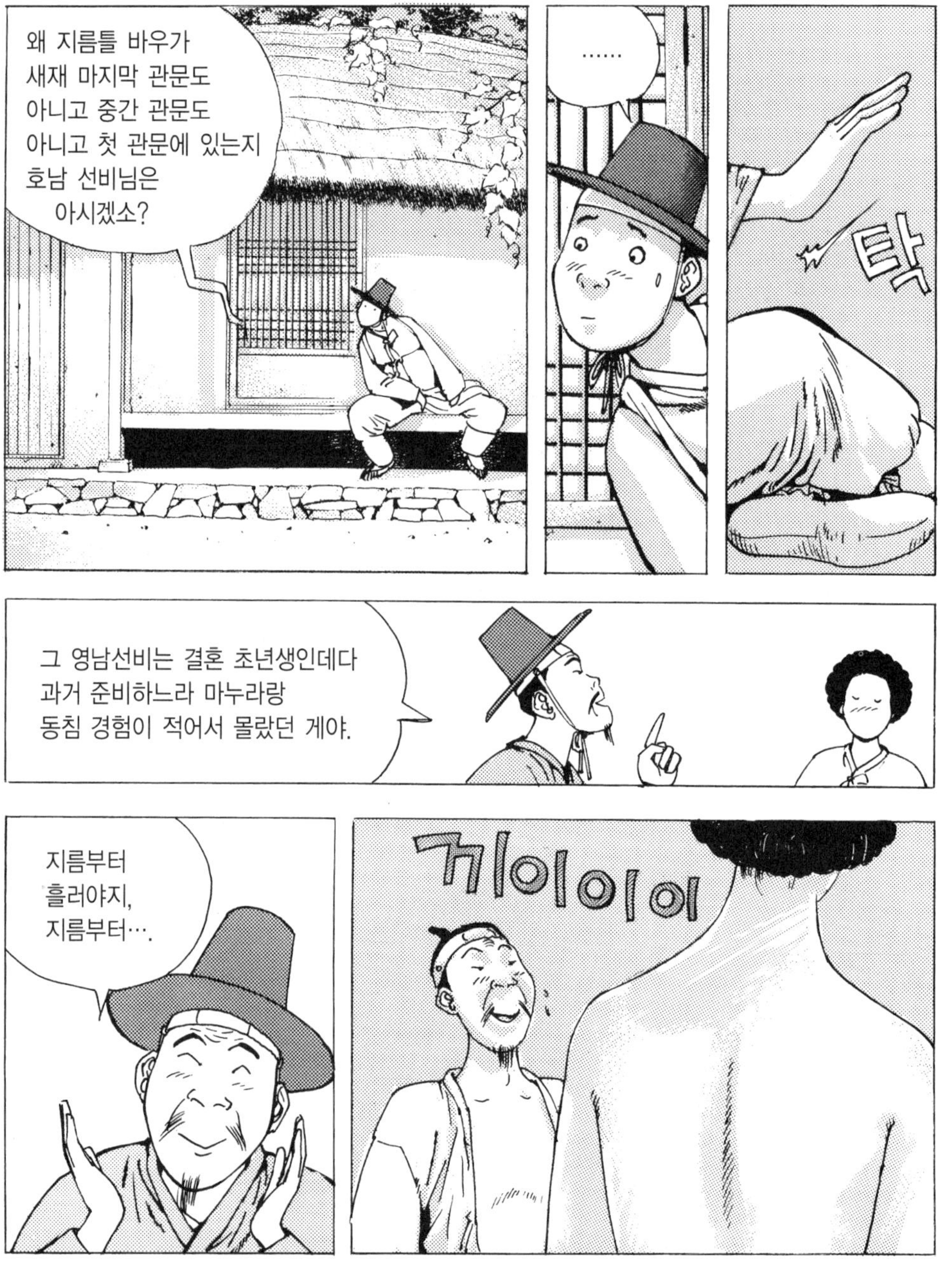
왜 지름틀 바우가 새재 마지막 관문도 아니고 중간 관문도 아니고 첫 관문에 있는지 호남 선비님은 아시겠소?
……
탁
그 영남선비는 결혼 초년생인데다 과거 준비하느라 마누라랑 동침 경험이 적어서 몰랐던 게야.
지름부터 흘러야지, 지름부터….
끼이이이

끼이이이익
쯧쯧쯧.
낙방 두 번에
자신감 잃었으니
운이라도 챙겨보려는
삼수생의
관문이로고….
급제관문을
통과했으니
호남 선비님은
좋겠십니더.
흐흐…
여비가 많이
축났으니
걱정이랑게.
!
남은 여비는
여기다 쏟아 놓구
가시지.
쿵

문경새재 마당바위 주인이시다.
전대 풀어 놓고 가면 목숨은 살려줄 거다.
마당바위에 숨어 있다가 재를 넘는
객을 덮쳐 돈을 뺏는 도적놈들입니더.
급제해서 돌아오믄 너희 놈들 용서치 않을 끼다.
크흐흐.
십여 년 넘도록 이 고개를 지켰지만 그런 말 하는 놈 치고 벼슬은 고사하고 닭벼슬 하나 못 챙겨오드만.
이 마당 바위를 꼭 기억해두마. 긴 쪽이 5미터, 짧은 쪽이 4미터.

주모! 목이 타서 그러니 탁주 한 사발만 더 주시구랴.
돈 없이 그만 하믄 됐지, 뭘 바랍니꺼. 찬물이나 들이키소.

어딜 가나 돈, 돈, 돈, 그래, 돈 나고 사람 났다.

교귀정이라….
새로 발령 받은 신(新) 경상감사가 전(前) 경상감사에게 업무를 인수인계 받던 곳입니다.

내 꼭 저 자리에서 이임식을 할 날이 올끼구마.
촤아아아아
용추폭포입니더. (팔왕폭포)
내 몸에도 폭포가 있지라.
쉬이이이.
…….
급제관문 통과하고 도적놈 마당 지나 야박한 주막 앞에 오니 전대가 비었구나. 이제 남은 건 두 쪽,
이름하여 용두폭포!

제2관문
(조곡관)입니더.
가만…!
행색을 보아하니
우리처럼 과거를 보려고
30리재를 넘는 거 같은디,
얼굴은 왜 가리셨소?
…….
그쪽은
워디서 오는
선비요?
…….

묻는 말에 답을 안 준께로 허헛, 민망하구만이라.
…….
내가…
하나 물어봐도 되겠소?
?
두 분께서는 어딜 가시는 중인지요?
과거 시험 보러 간다꼬 안 했습니꺼?
…그래서?
응?
과거시험을 본 다음엔?
?
아따, 급제해서 벼슬 챙겨야지라.

그래서?
응?
벼슬 한 다음은?
입신출세를 위해 몸부림치느라 멀리 했던 것들을 다시 돌아봐야지라.
부모님 봉양하고 처자식도 멕여 살리구….
그래서?
?
더 큰 벼슬을 위해 노력해서 할 수만 있다믄 정승까제 올라가는 깁니더.
그래서?
출세해서 떵떵거리모 호강하며 살아야 않겠습미꺼.
그래서?
?
그래서?

그래서는 뭐가 그래서입니까?
그렇게 사는 기지.
그 다음은?
이 양반 심심헌가 비네.
…….
…문경새재 들어와서 이 관문, 저 관문을 통과하다가
사람이 마지막으로 통과해야 할 관문을 생각하게 됐죠.
농투성이로 살아도 북망(北邙)관문을 가고 정승판서로 살아도 어차피 북망관문을 가는데…
헛허…,
갑자기 과거고 출세고 다 그만두고 집으로 돌아가서 가족과 함께 농사지으며 살고 싶다는 생각이 드는 거요.
관문 통과하다 말고 주저앉아 있는 게 이 생각 때문 아니겠소.
…….

쯧쯧…, 삼수생이 돼 보시랑게.
삼수생이란 딱지만 떼버릴 수 있다면 북망관문이라도 통과해볼라고 벼르게 된당께라.
오죽허믄 마누라가 새끼들과 굶어가며
모아준 여비를 급제관문이랍시고 통과하는데 썼을까이.
호남 선비님.
나 다시 돌아가서 급제관문을 제대로 통과하고 와야 하지 않겠습니까?
흐흐.
그런 눈으로 보지 마소. 쾌락 때문이 아니라 시험에 떨어질까 두려워서 그럽니다.
하나는 의미를 잃은 채로,
하나는 두려워하면서,
하나는 낙오 딱지를 떼기 위해
관문을 통과하는 구만.

이제 제2관문 (조곡관)을 뒤로 하고 열심히 3관문을 향해 가는 기야.
嶺南第二關
호남 선비님, 저 다시 돌아가서 급제관문을 제대로 통과하고 와야 할 거 같습니다.
쯧쯧.
왜, 이 관문을 통과해야 하는지…
왜 이 길을 걸어야 하는지…
허, 이런….
무조건 앞으로 앞으로만 가시랑게들….
후두두둑
이, 이런…!
후두두둑

영남 선비, 비 피할 만한 이런 바위굴은 언제 알아 뒀는가?(2관문과 3관문 사이에 있는 바위굴)
솨아아아아아
과거 길을 다녀온 선배들에게 한양 길을 일일이 물어서 적어 두기까지 했다 안 합니꺼.
그나저나 급제관문을 통과해야 찜찜한 맴이 사라질 낀데.
왜? 이 관문을 통과해야 하지?
무조건 앞으로 앞으로.

여기 선비님은 호남이고 난 영남인데 당신 집은 어디입니까?
쏴아아아
…….
…….
그라모 얼굴은 왜 그렇게 가리고 다니십니까?
…난
비밀 속에 살죠.
비밀?
세상이… 왜 관문을 통과해야 하는지 답을 주지 않는 것처럼
나도 세상에다 나를 알려주지 않기로 했소.
에?

무슨 개뿔 같은 소리 입니꺼?
그라모 이름도 비밀입니꺼?
이름…,
이름도 비밀이오.
개뿔….
그러나 내 별명은 가르쳐줄 수 있소.
?
딸기!

문경에서
34번과 3번 국도의
이화령과 소조령을 넘어
새재관문인 조령관 바로 아래,

조령산 관문 주차장에
도착한 지 벌써 두 시간이 지났다.
새재를 넘어 조령관을 통과하는
사람이 적어서 그들의 걸음새까지
기억할 정도로 꼼꼼히 뜯어봤지만

아직 딸기는 모습을 보이지 않는다.
기다리는 동안 딸기에게 전해주라는 메모노트를 훑어 봤다.
차장
지워지기도 하고 색이 다른 필기도구로 쓰여지기도 한 전화번호들.
그리고 스케줄 달력. 몇 페이지쯤인가 한 줄 낙서,
산주차장
Motel
'수박은 크기가 유치하고 딸기는 맛이 유치하다'
병신, 꼴값하네. 니가 더 유치하다, 임마.
톡 톡
휴양림 매표
안에 들어가서 사람 좀 찾으려고 그러거든요.
표 끊으셔야 돼요.

1관문에서
올라오기 시작하면
이 관문 외에는
나가는 길이
없죠?
휴양림 매표소
등산로 빼면
이 길밖에
없죠.
…….
옛날 새재 길은
오솔길 크긴데
공원화되면서
길이 넓혀진
거요.
…….
비포장 흙길에
신발 끌리는 소리.
호남 선비님, 아무래도
불안해서 내 급제관문을
다시 갔다 와야겠심더.
이런 관문들을
통과해야 하는
이유가 뭡니까?
무조건 마지막 관문까정
가보잖께. 가보면 모든
두려움과 궁금증이 다
해소되겠지라.

당신…,
당신은… 우리 셋 중에 누구 모습과 닮았다고 생각하오?
!

응? 그거? 내 메모 노트인데….
딸기?
이런, 그 노트 내용을 읽었다면 내 상황을 대충 알겠구만.
방황하는 내 꼴이 우습소?
아, 아닙니다. 그냥 훑어보기만 했지 읽진 않았어요.
…….
휘이이이이잉

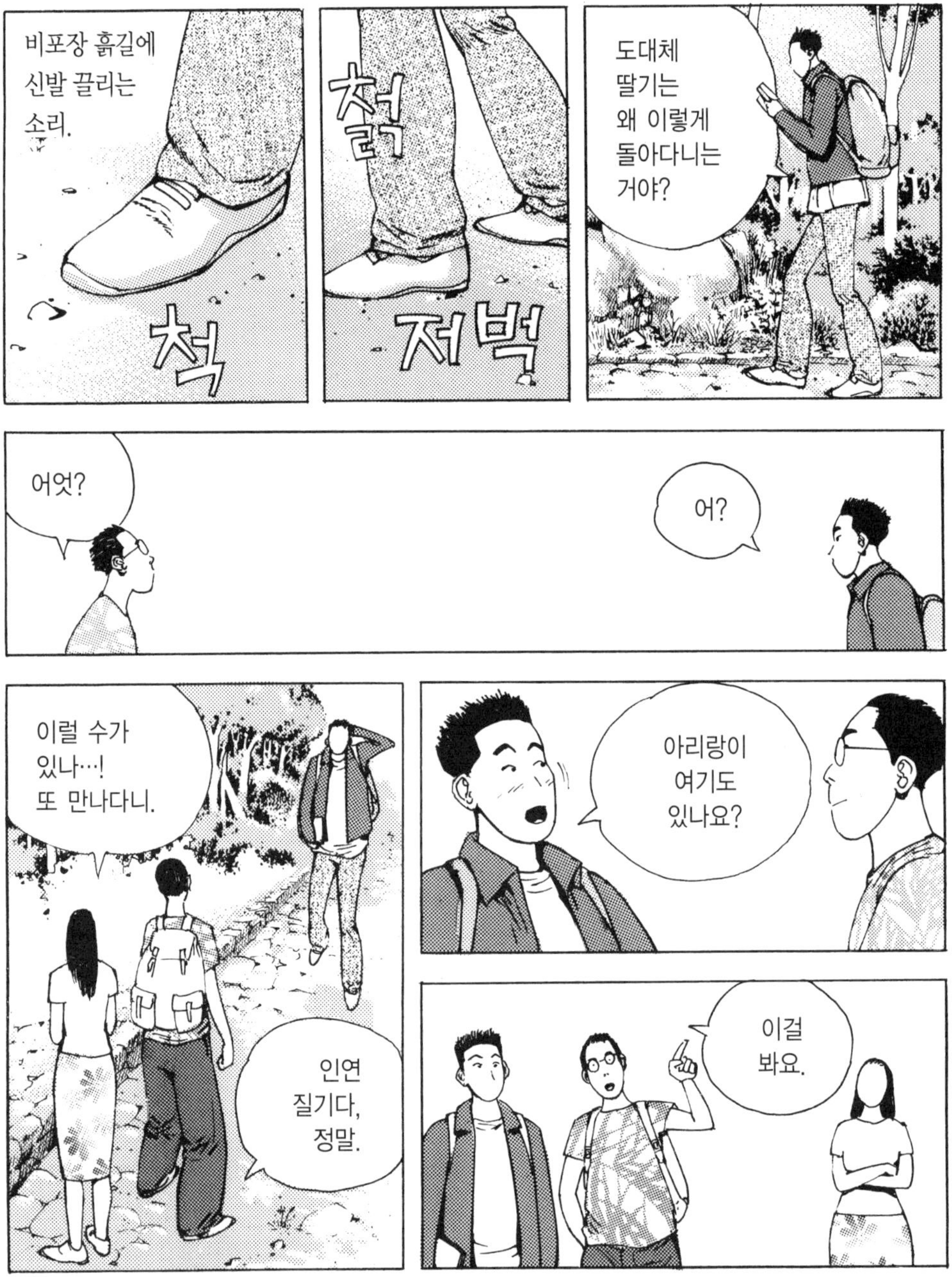
비포장 흙길에 신발 끌리는 소리.
척
철럭
저벅
도대체 딸기는 왜 이렇게 돌아다니는 거야?
어엇?
어?
이럴 수가 있나…! 또 만나다니.
인연 질기다, 정말.
아리랑이 여기도 있나요?
이걸 봐요.

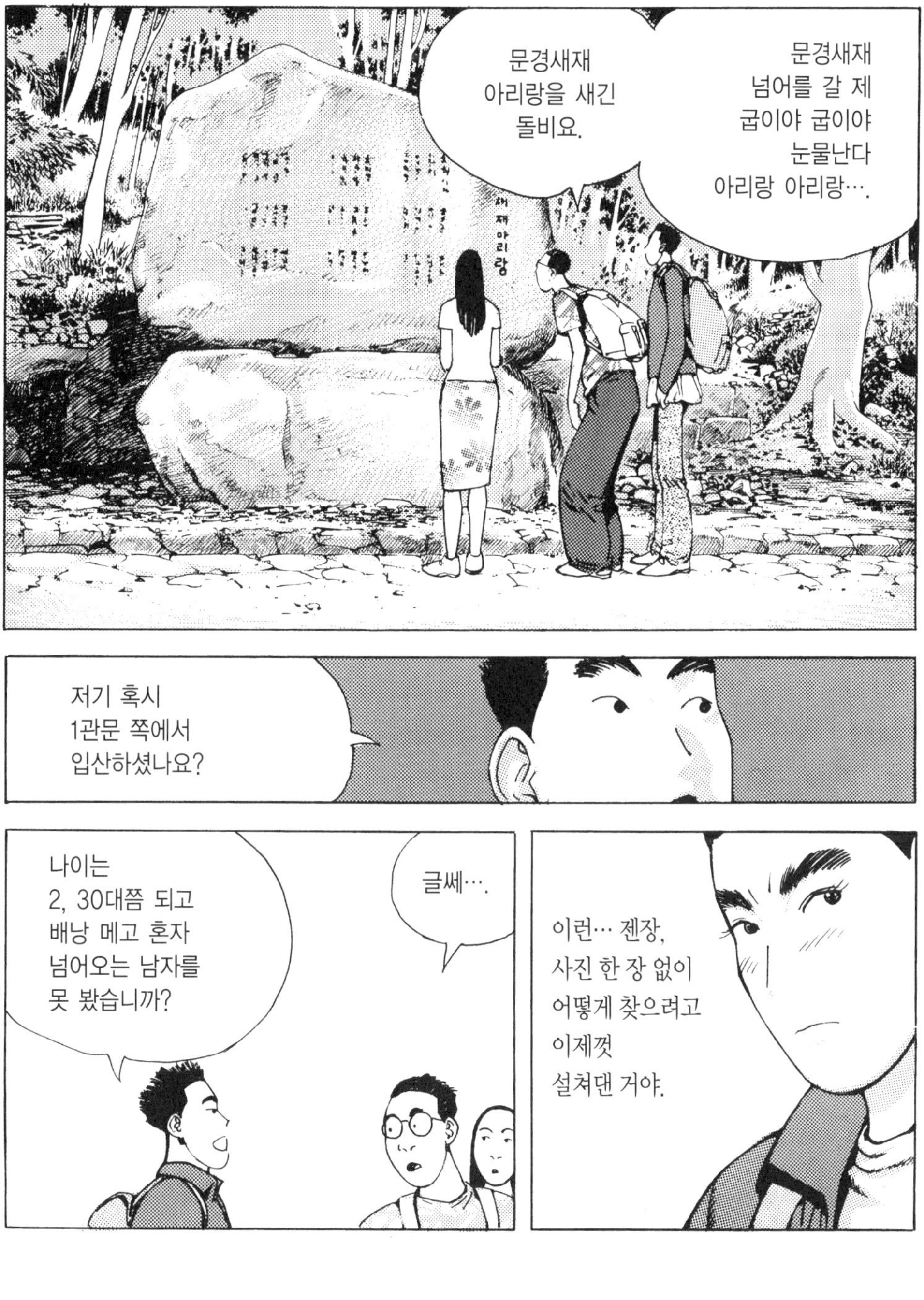
문경새재
아리랑을 새긴
돌비요.
문경새재
넘어를 갈 제
굽이야 굽이야
눈물난다
아리랑 아리랑….
저기 혹시
1관문 쪽에서
입산하셨나요?
나이는
2, 30대쯤 되고
배낭 메고 혼자
넘어오는 남자를
못 봤습니까?
글쎄….
이런… 젠장,
사진 한 장 없이
어떻게 찾으려고
이제껏
설쳐댄 거야.

아침 겸 점심을 빵으로 때우고 하루죙일 이렇게 죽치고 기다렸다구.
잠복근무하는 형사도 아니고 지금 나 뭐하고 있는 거야.
나 이제 딸기 찾는 일은 접는다.
이 노트는 다시 문경에 사는 그 선생한테 갖다주면 되지?
이 전화기도 누나에게 빨리 돌려줄 방법을 찾아볼게.
노! 노노노노! 그만! 부탁 그만!

탁
아,
후련하다.
'딸기를 땅에 묻으면
딸기가 싹을 내고 자랄까?'
답 : 딸기 과육이 썩기 때문에
씨까지 부패돼서
발아율이 떨어져
실패하기 쉽다.
이 따위들을
메모해서
뭐하려고!
미친 놈!
'딸기 술을
만드는 방법은?'

답 : 딸기를 깨끗이 씻어 물기를 제거한 다음 얼음, 설탕, 딸기, 술을 순서대로 붓고 냉암소에 보관, 3주 정도 지난 후 딸기를 꺼내고 다시 2개월 간 밀봉, 숙성시켜 마신다.
이 인간, 술장사 하려나 보다.
또 다른 답 : 소주를 마시며 안주로 딸기를 먹는다.
놀구 있네.
왜 동료들은 내게 '뱀딸기' 라는 별명을 붙여줬을까?
뱀?
뱀딸기 따먹으면 죽는다고 소문난 건 또 왜 그래?

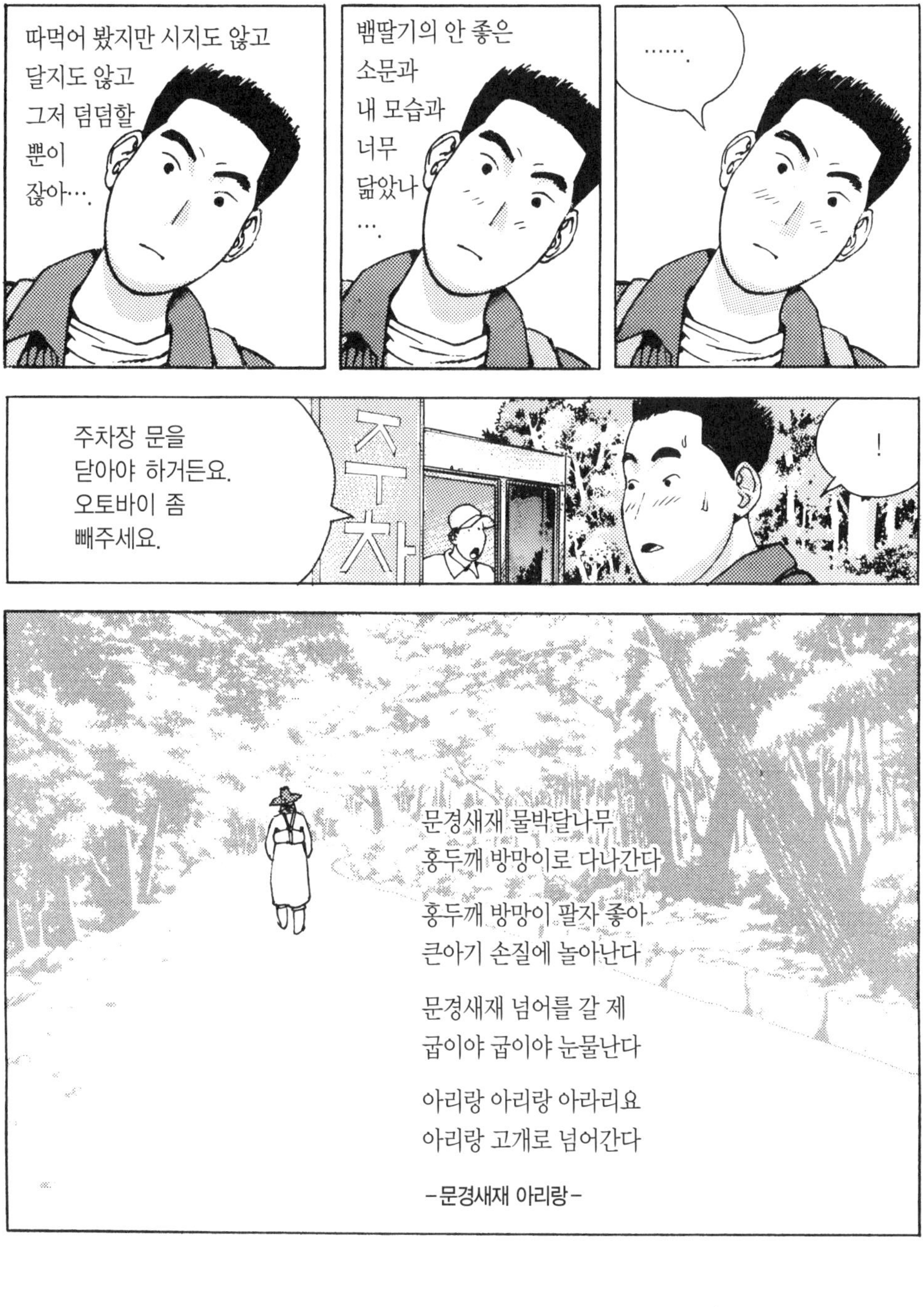
따먹어 봤지만 시지도 않고
달지도 않고
그저 덤덤할
뿐이
잖아….
뱀딸기의 안 좋은
소문과
내 모습과
너무
닮았나
….
…….
주차장 문을
닫아야 하거든요.
오토바이 좀
빼주세요.
!
문경새재 물박달나무
홍두깨 방망이로 다나간다
홍두깨 방망이 팔자 좋아
큰아기 손질에 놀아난다
문경새재 넘어를 갈 제
굽이야 굽이야 눈물난다
아리랑 아리랑 아라리요
아리랑 고개로 넘어간다
-문경새재 아리랑-

# 문경새재 [Mungyungsaejae] • p 105

명사 위치 : 경상북도 문경시 문경읍 상초리 일원
면적 : 5.3㎢(1,603,250평)

백두대간의 등뼈를 이룬 고산준령이 병풍처럼 이어져 충북과 도계를 이룬 천험의 요새인 조령(鳥嶺)은 새재계곡을 따라 제3관문까지 이어진다. 조선시대부터 영남에서 한양으로 통하는 가장 큰 대로로서 '영남'이란 명칭도 조령의 남쪽 지방이란 뜻이다. 조령의 다른 이름인 '새재'는 새도 날아넘기 힘든 고개 또는 억새풀이 많은 고개로 풀이되고 있다.

문경읍에서 서북쪽으로 깊은 협곡을 따라 3.5km 가면 조선 숙종 34년(1708)에 쌓은 영남 제1관문인 주흘관문에 이르며, 3km 더 가면 제2관문인 조곡관, 이곳에서 3.5km 떨어진 곳에 제3관문인 조령관이 있어 사적 제147호로 보호되고 있다. 문경 3관문을 품고 있는 주흘산(1,106m)은 관문까지의 험한 계곡에 이루어진 풍치가 매우 뛰어나며, 여궁폭포, 혜국사, 용추, 원터, 교구정터 등의 명소가 있다.

| 제5화 |

# 무진장

진안 마이산 탑사

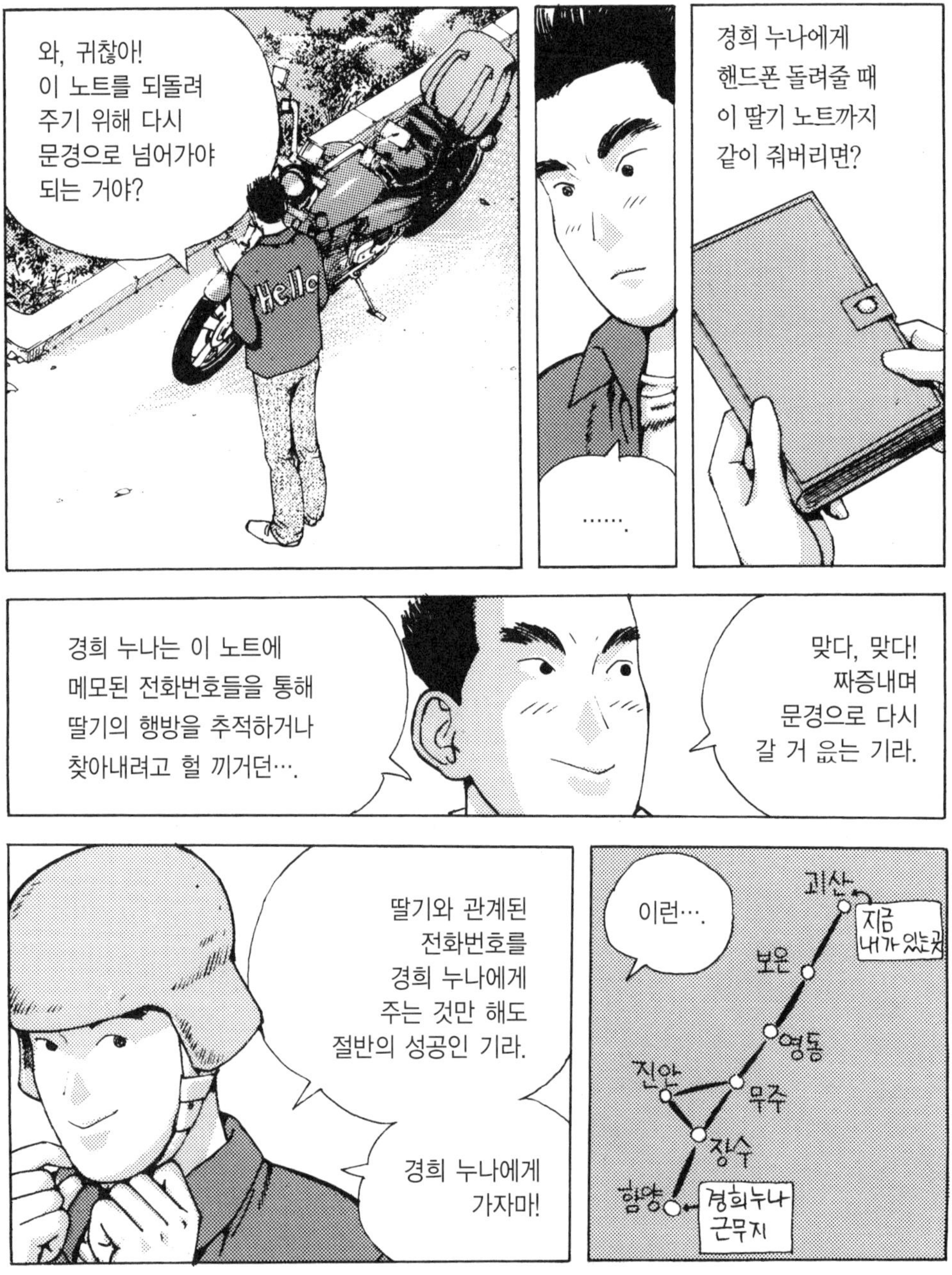
와, 귀찮아! 이 노트를 되돌려 주기 위해 다시 문경으로 넘어가야 되는 거야?
…….
경희 누나에게 핸드폰 돌려줄 때 이 딸기 노트까지 같이 줘버리면?
경희 누나는 이 노트에 메모된 전화번호들을 통해 딸기의 행방을 추적하거나 찾아내려고 헐 끼거던….
맞다, 맞다! 짜증내며 문경으로 다시 갈 거 읎는 기라.
딸기와 관계된 전화번호를 경희 누나에게 주는 것만 해도 절반의 성공인 기라.
경희 누나에게 가자마!
이런….
괴산
지금 내가 있는곳
보은
영동
진안
무주
장수
함양
경희누나 근무지

문경으로
돌아가지 않고
함양으로 가려면
영동을 거쳐서 가는
19번 도로를
타야 하잖아.
까라락
영동을 거쳐서…
함양을 가면…
무진장을 보게 되는데…
(무주, 진안, 장수)
우두두둥
문경역에서 만난
오토바이쟁이가
무진장을 추천한다
안 했나.
할 수만 있다면
영동을 피해서
가고 싶은 심정.
우두두두
우두두두둥
할머니의 눈물.
손자에게 들킬까봐
손등으로 얼른 훔쳐내지만
눈밑 주름 사이는 채 닦이지 않아
반짝 비치던….

침잠물이 가라앉아서
혼탁했던 유리컵 물이
투명해진 것처럼
지금 누리는 평안은
조금만 흔들려도
엉망이 될 소지가
있거든.
-불안한 평안-
할머니
눈물을 보면
내 맘이
무너지잖아.
우드드드등
할머니,
미안!
그냥 곧장 무주를 향해
달리는 거야.

저기,
좀…
태워
주실래요?
!
이, 이것 봐라.
예쁘게 생긴
히치
하이커!
무주구천동
가려고
그러는데…
들어가는 버스가
흔하지 않네요.
그래,
기왕 무주 가는 거
구천동까지
들어가 보자… .
흐흣.
아, 나도
구천동 가는
길인데.

우두두둥
구천동에 놀러 가시나 보죠?
.......
.......
뭐냐, 대꾸도 안 해주네.
흐읏, 서로 어색해도 텐덤 자세로 달려야 하는 게 오토바이잖아.
바쁘시지 않으면 천천히 달리면서 경치 구경 좀 해도 될까요?
.......

이 나제통문은
신라와 백제가 서로
넘나들기 위해 뚫은
굴문이라고 알려졌죠.
?
羅濟通門
나제통문에
대한 오해예요.
실제는 일제강점기 때
무주와 김천을 잇기
위해 뚫었대요.

구 씨와 천 씨가 살았다고 해서 구천동이라 불려졌다는 얘기부터
콰아아아
박해를 피해 숨어들어온 승려들의 숫자가 구천 명이나 돼서 붙여졌다는 설까지…
참 다양한 유래가 있어요. 구천 명의 승려가 쌀을 씻으면 이 구천동 계곡 물이 하얀 뜨물이 되어 몇 십 리를 흘러 내려갔는데
쿠르르르
눈 설(雪), 내 천(川) 자를 써서 구천동 아래 동네인 이곳을 설천면이라고 부른대요.
이 여자, 이제껏 우울해하더니 갑자기 말이 많아졌잖아.
콰아아아
야, 이 개…
쿠르르르르르

나쁜…!
…….
콰아아아아
뭐라고 하는지 물소리 때문에 들리지 않지만… 이 구름다리를 특별히 찾은 이유가 있는 거 같아….
휙
저기…,
응?
…물소리 때문에 안 들려요.
시간 되시면 술이나 한잔 하실래요?
혼자 마시기가 멋쩍어서….
…….

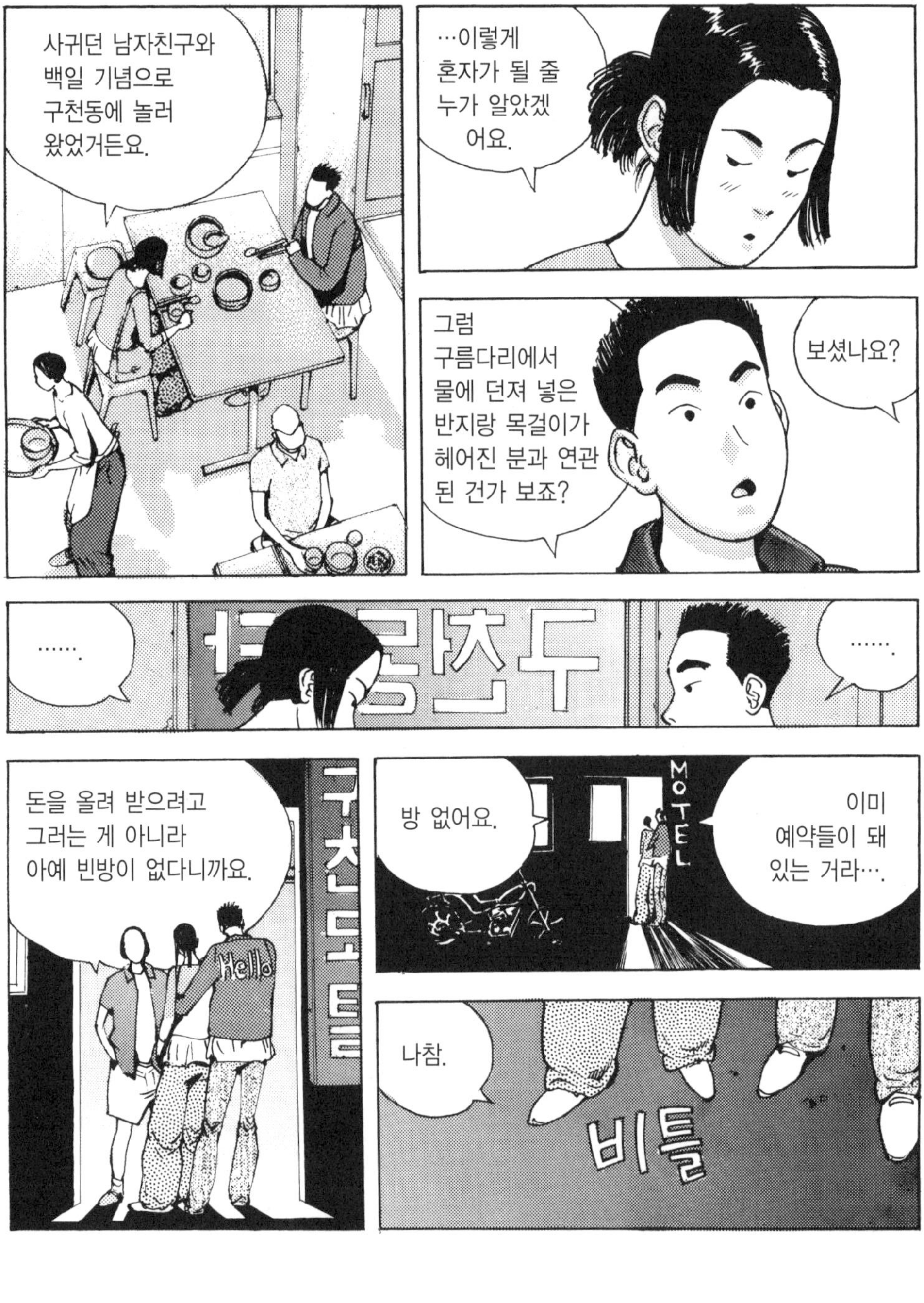
사귀던 남자친구와 백일 기념으로 구천동에 놀러 왔었거든요.
…이렇게 혼자가 될 줄 누가 알았겠어요.
그럼 구름다리에서 물에 던져 넣은 반지랑 목걸이가 헤어진 분과 연관된 건가 보죠?
보셨나요?
…….
…….
돈을 올려 받으려고 그러는 게 아니라 아예 빈방이 없다니까요.
구천모텔
hello
방 없어요.
MOTEL
이미 예약들이 돼 있는 거라….
나참.
비틀

잠자리는 어떻게 되겠죠. 나 신경쓰지 말고 이젠 갈 길 가세요.
LoVe MOTEL
MOTEL
그렇게 되면 제가 음주운전을 하게 되는데요.
그냥 취한 척하고 아무데나 벌렁 누워서 잘까부다.
취한 척이 아니라 취했는데요.
그럼 땅바닥에 누워야 겠네….
땅바닥에서 잘 자신 있어요?
와아!

이, 이런 게
있었네요.
엔진이 식어서
델 염려는 없으니까
편히 자요.
야!
나, 이런 여행
하고 싶어.
와 좋다!
…….
…….

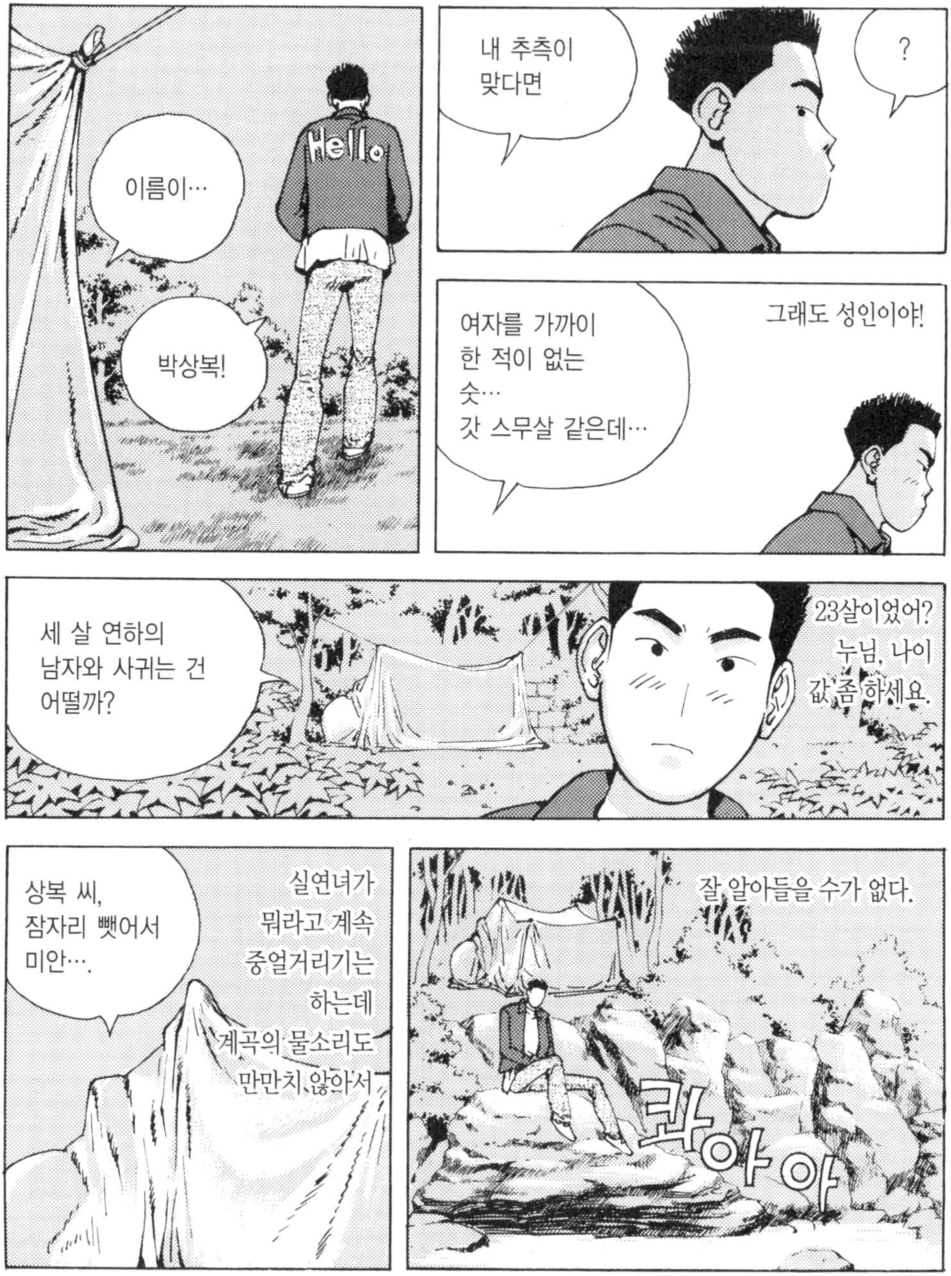
Hello
이름이…
박상복!
내 추측이 맞다면
?
여자를 가까이 한 적이 없는 숫… 갓 스무살 같은데…
그래도 성인이야!
세 살 연하의 남자와 사귀는 건 어떨까?
23살이었어? 누님, 나이 값 좀 하세요.
상복 씨, 잠자리 뺏어서 미안….
실연녀가 뭐라고 계속 중얼거리기는 하는데 계곡의 물소리도 만만치 않아서
잘 알아들을 수가 없다.
콰아아

콰아아아아아
쿠루루루
'왜 어른들은
뱀딸기를 먹으면
죽는다고
겁을 주셨을까'.
쿠쿠쿠쿠
공교롭게도 뱀딸기는
뱀이 잘 다니는 길목에,
논두렁이나 풀밭에서
자라거든.
그래서 혹, 뱀딸기 찾아
따먹다가 뱀에게 물릴까봐
그렇게 겁을 준 건 아닐까?
'뱀딸기를 따 먹으면
죽는다니….'

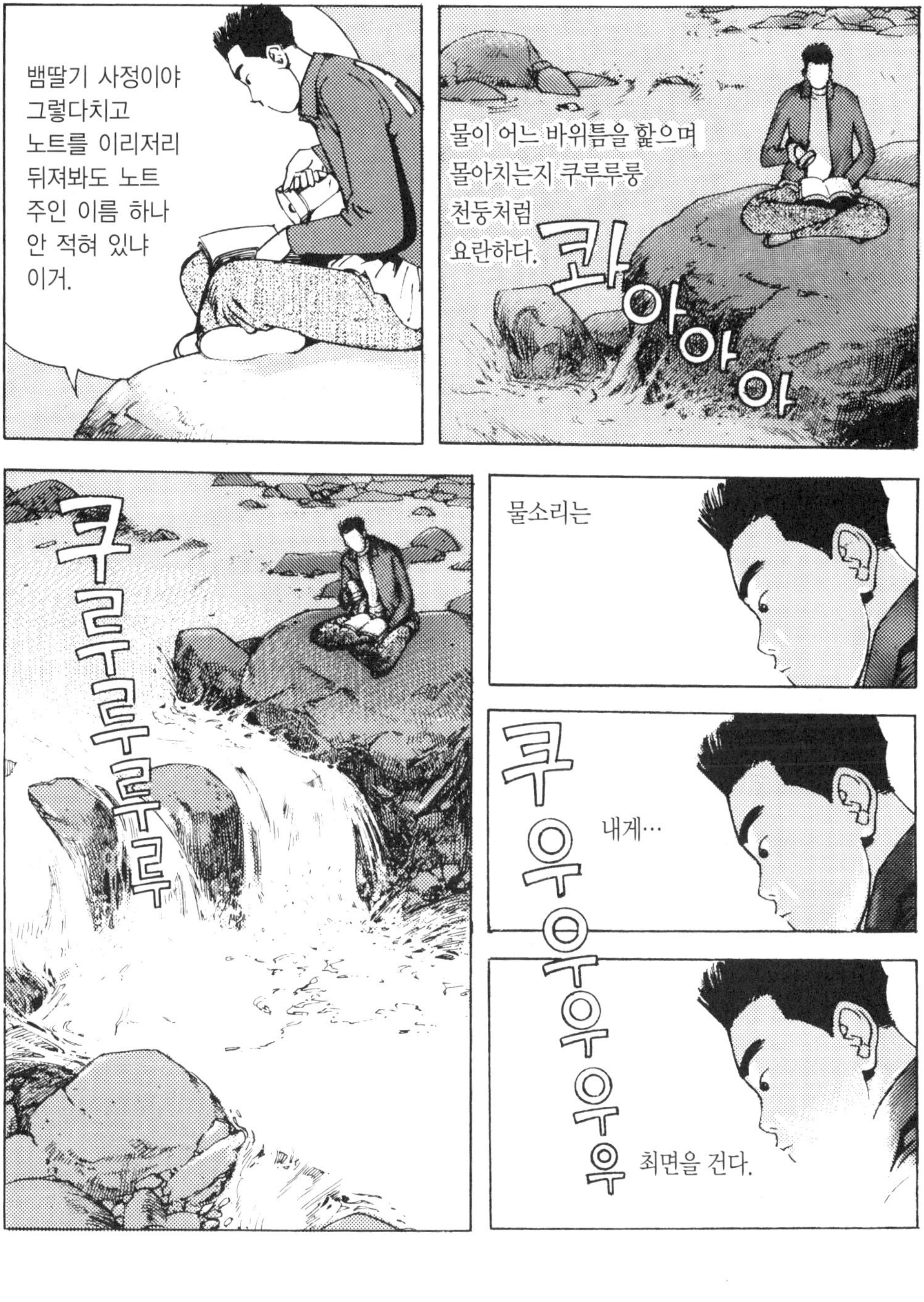
밤딸기 사정이야
그렇다치고
노트를 이리저리
뒤져봐도 노트
주인 이름 하나
안 적혀 있냐
이거.
물이 어느 바위틈을 핥으며
몰아치는지 쿠루루룽
천둥처럼
요란하다.
콰아아아
쿠루루루루루
물소리는
쿠우우우우우
내게…
최면을 건다.

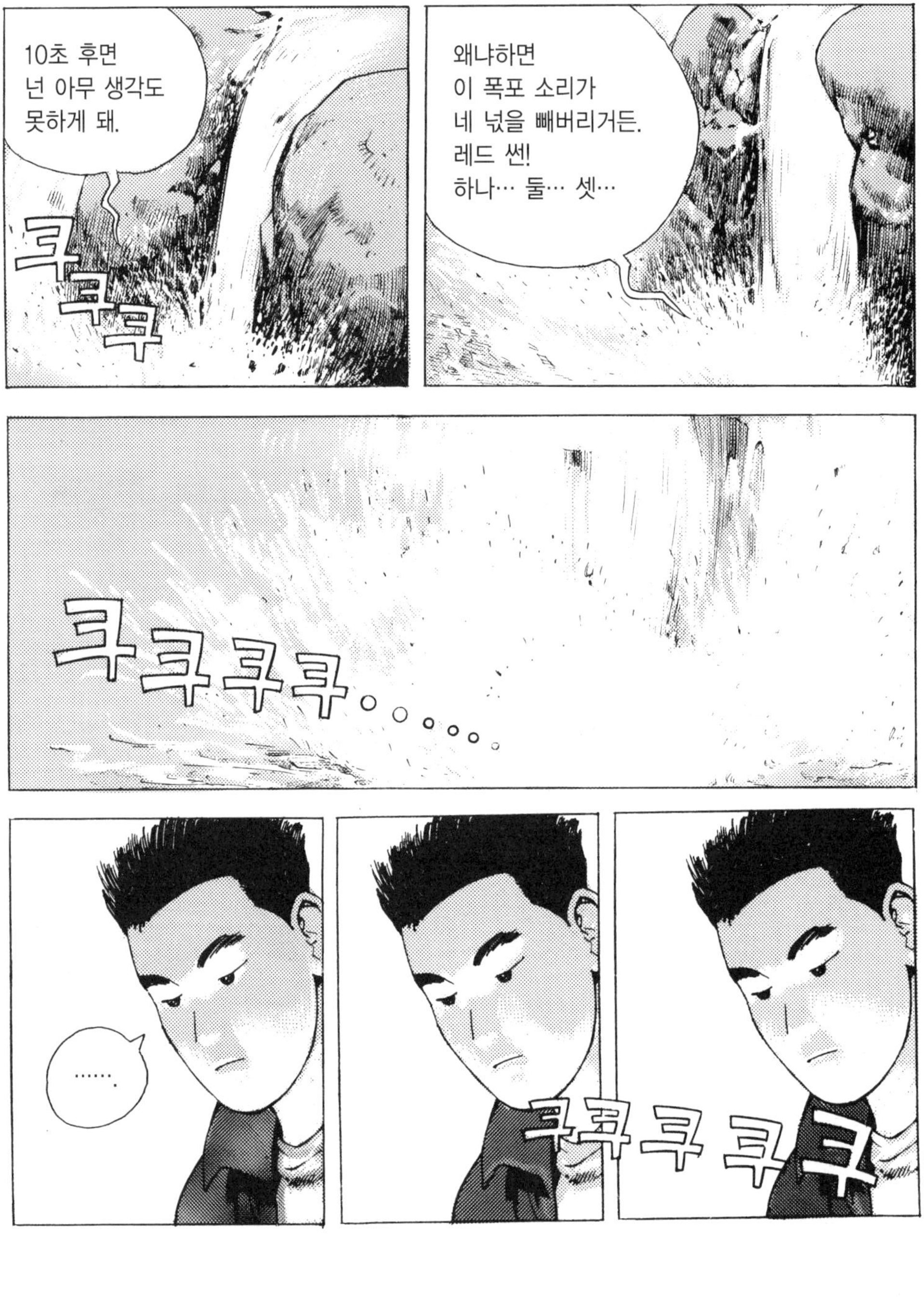
10초 후면
넌 아무 생각도
못하게 돼.
쿠쿠쿠
왜냐하면
이 폭포 소리가
네 넋을 빼버리거든.
레드 썬!
하나… 둘… 셋…
쿠쿠쿠쿠
…….
쿠쿠쿠 쿠쿠

나쁜 자식,
잊으려고
마셨더니
머리는
지끈거리고
자꾸 속이
울렁대는 거야.
…….
…….
오돌 오돌
맞아,
여긴 대낮에도
서늘하거든….
이거 봐라.
물소리가
최면을 건 거야?
몸이 마취된 것처럼
움직이지 않아.
여자를 뿌리쳐, 뿌리쳐.
아, 이 냄새는…
여자 냄새…
화장품 냄새라니까.
아냐, 난
아무 생각도
못해야 돼.
넋이
빠졌으니까.
쿠쿠쿠쿠쿠

추, 추운데
텐트 안으로
들어가세요.
누워 있으려니까
머리는
지끈거리고
속이 울렁…
우욱!
웩!
켁
켁
켁
고등학교 3학년 때,
현장 실습을 나가게 되면
신고식을 핑계로 선배들이
술을 마시게 했는데…
억지로 마시게 해서 결국엔
토하게까지 하는 바람에

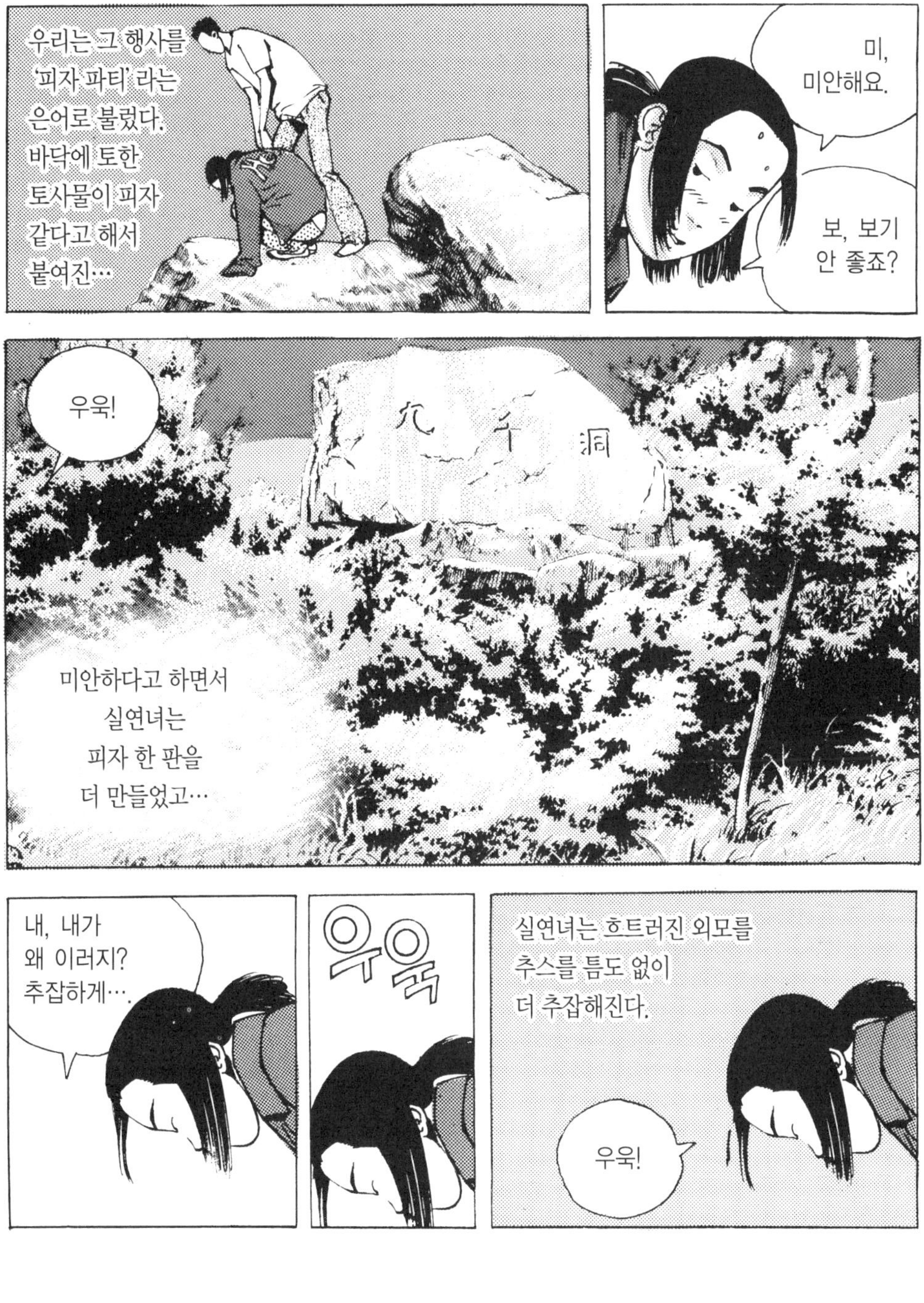
우리는 그 행사를 '피자 파티' 라는 은어로 불렀다. 바닥에 토한 토사물이 피자 같다고 해서 붙여진…
미, 미안해요.
보, 보기 안 좋죠?
우욱!
九千洞
미안하다고 하면서 실연녀는 피자 한 판을 더 만들었고…
내, 내가 왜 이러지? 추잡하게….
우욱
실연녀는 흐트러진 외모를 추스를 틈도 없이 더 추잡해진다.
우욱!

오토바이 엔진을 뜨겁게 해서
텐트 안을 훈훈하게 한 후,
실연녀가 엔진에
데일까봐
장갑과 헬멧을 씌워서
뉘었더니
코를 골며 잔다.
알고 보면
가스나들도
참 추잡하데이.
여긴 전라도니까
전라도 말로…
워메 징그러.
쿨쿨한 냄새가
진동을 한께
껴안고 싶은 맴이
싹 가셔불지라, 썩을…!
다시, 우르르릉 넋을
빼는 듯한 물소리,
그리고 계곡 숲속을
어지러이 유영하는
반딧불이….
쿠루루루루루

쿠우우우우우
아아,
저 물소리…
내 속을 모두 씻어 냈으면
동네 앞 호두나무 뿌리처럼
맘속 깊이 박혀버린
분노와 절망과
그리고 무기력… 까지.

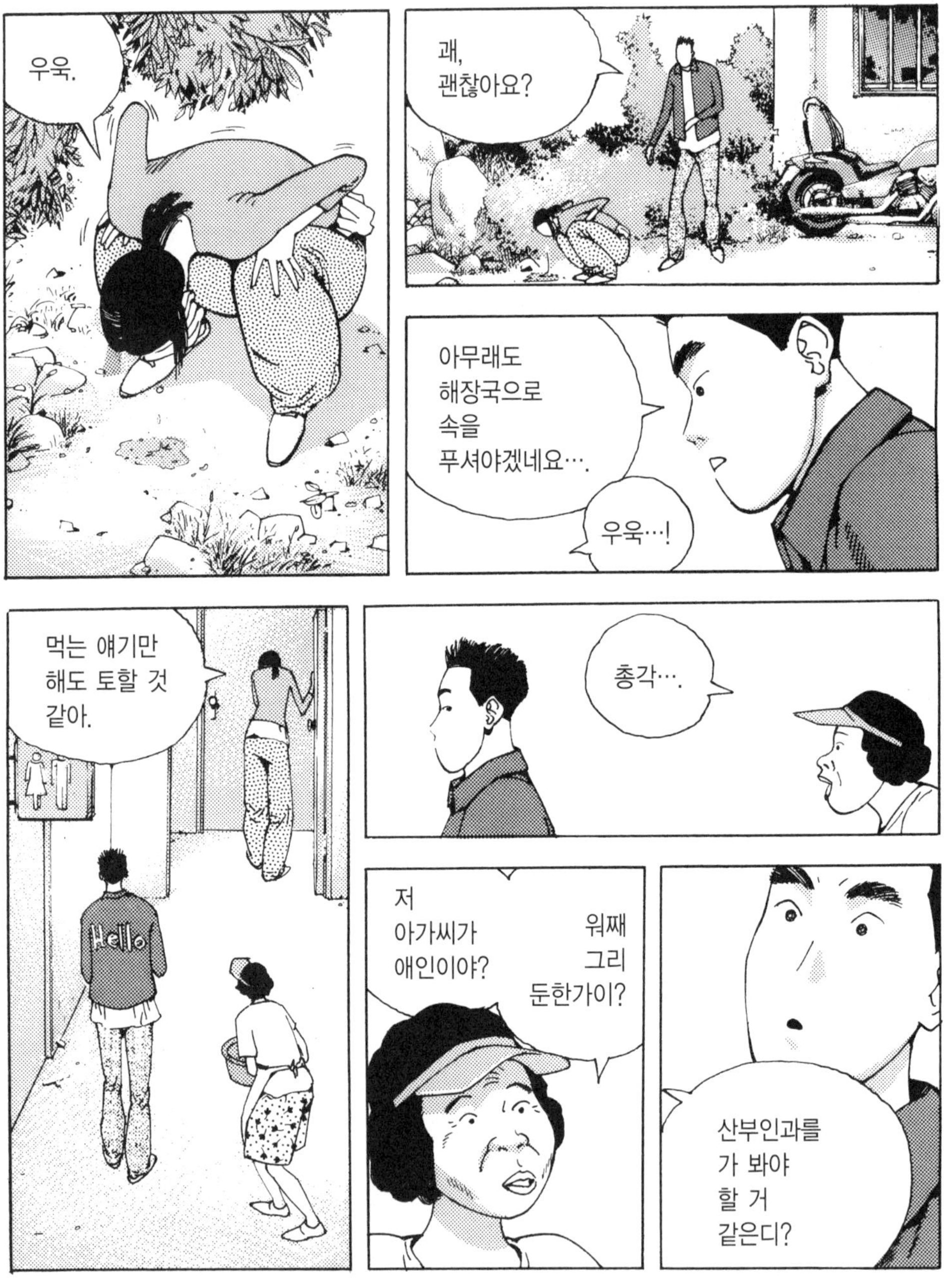
우욱.
괘,
괜찮아요?
아무래도 해장국으로 속을 푸셔야겠네요….
우욱…!
먹는 얘기만 해도 토할 것 같아.
총각….
Hello
저 아가씨가 애인이야?
워째 그리 둔한가이?
산부인과를 가 봐야 할 거 같은디?

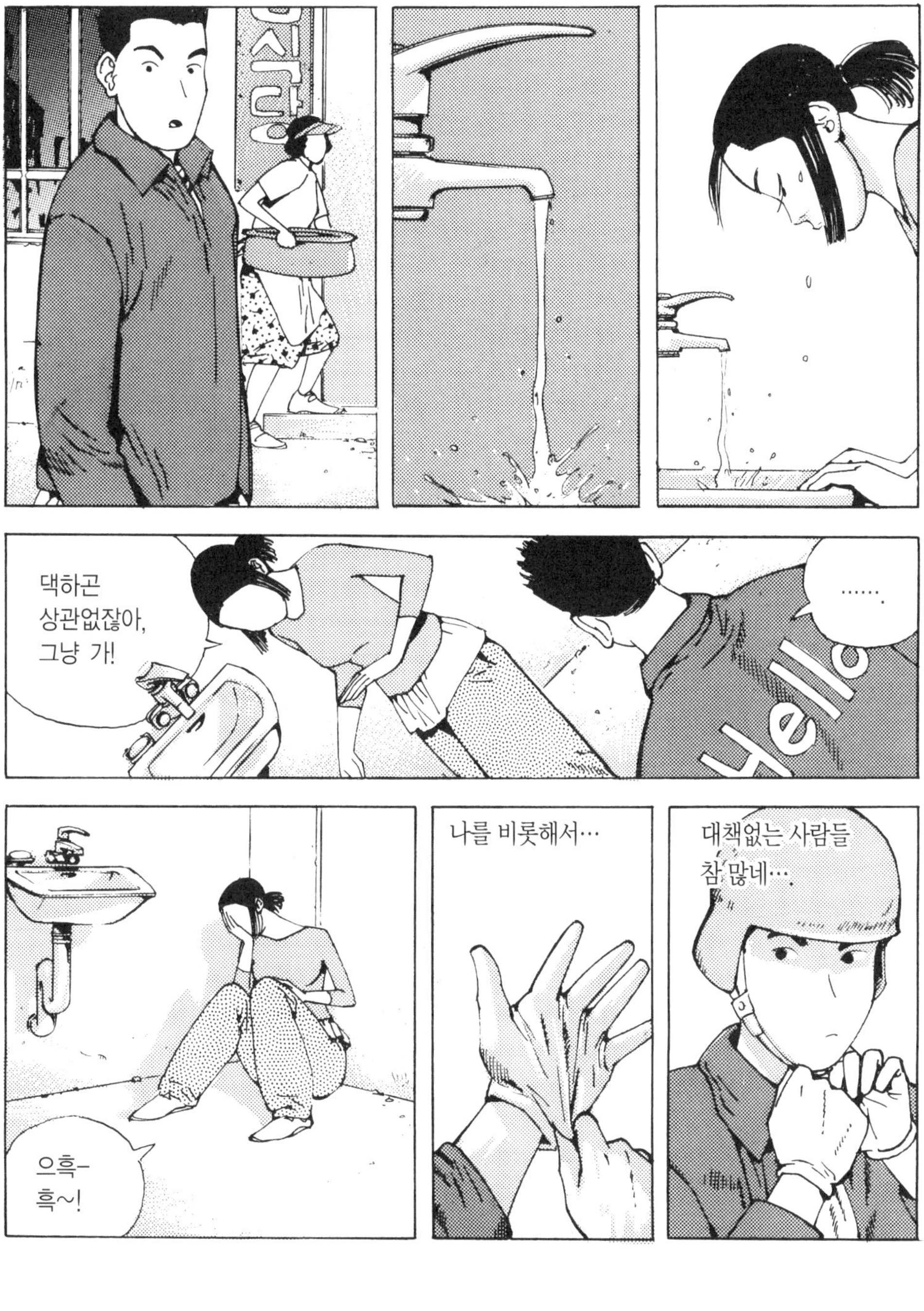
댁하곤 상관없잖아, 그냥 가!
…….
으흑- 흑~!
나를 비롯해서…
대책없는 사람들 참 많네….

세상은 생각보다 더 더럽지.
이놈의 세상은 어른도 없고 어린아이도 없고 가정도 없어.
?
오직 여자와 남자만 있어서 온통 음란한 생각들뿐이고
그 음란 때문에 생긴 상처로 고통스러워하면서도 또 다른 음란을 꿈꾸는 썩을 놈의 세상이랑게.
쯧쯧. 역마살이 끼었구만.
나요?
나를 무주까지 태워다주면 역마살 씻어내는 비법을 가르쳐 주지.
뭐야, 이 사람?

황 선생, 순진한 사람 후리지 말어.
저런 순…!
구천동에서 무주까지는 설천면을 경유하는 구(舊)도로의 풍광이 볼 만하다.
버스가 구(舊)길을 다니기는 하지만 배차 간격이 멀어서 구천동을 나가려는, 차 없는 사람들은 비싼 택시비를 감수하기도 하는데
차비 아끼려고 이 친구에게 살랑이는 줄 알아?
내가 축지법을 써서 갈 수도 있지만
이 친구에게 선행 쌓을 기회를 주는 거라고….
저 선행, 안 쌓을래요. 축지법 좀 보고 싶은데.
어허, 이 망할 놈의 세상, 어른도 없고 아이도 없고…!
두두두두두둥

이렇게 무주까지 태워 준 대가로 한 수 갈쳐 주지.
아냐, 한 수도 많아. 반 수를 가르쳐 줄 텐께네.
축지법 기본자세.
스으으윽
후우우우.
여기까지만! 와, 너무 많은 걸 가르쳐 준 거 같다이.
인라인 타는 자세 같은데요?
인… 뭐?

요즘은 인라인이라는 축지법 신발을 신고 씽씽 달려요.
바퀴 달린 신발?
어허, 요즘은 어른도 없고 애도 없고… 왜 이렇게 버릇들이 없을까이.
축지법을 조롱하고 …
자넨 이제 어디로 가나?
글쎄요, 진안을 거쳐 장수로 가려구요.
!
으흐흐흐윽.
사람 속을 꿰뚫어보는 내 통찰력은 정말 대단하당께.
자, 가세.
예?

진안으로 가자니까.
진, 진안 가십니까?
아차차. 저 깜빡한 게 있어요.
구천동에 두고 온 게 있어서…, 저 다시 들어가봐야 할 거 같네요.
…….
어떻게 된 놈의 세상이 어른도 없고…
…….
우두두두두둥
끼익
왜 서?
신호등 지켜야죠.

지나가는 차도 없는데 그냥 가지.
둥둥둥
……..
꿈을 좇아 많은 길을 달렸을 텐데 어쩌다 이 길 옆에 묻혔을까?
?
덤불 속 손바닥만한 묘지, 이 사람의 이상향(理想鄕)이 고작 이거였어.
저것 봐라, 야트막한 묘지 위, 잔디 틈에 뱀딸기가 열렸다.
!
시간이 정지된 묘지 위에서 뱀딸기가 느리게 느리게 흔들린다.
아니,
남의 가방을 뒤져 메모노트를 꺼내 보십니까, 정말?
뭔 소리야, 가방 밖으로 삐져나온 걸 챙겨줬더니…
짐작대로 역마살 낀 내용뿐이구만.
이리 주세요. 지금 그 노트 돌려주러 가는 중이에요.
오빠, 달려! 신호등 바꼈어라.

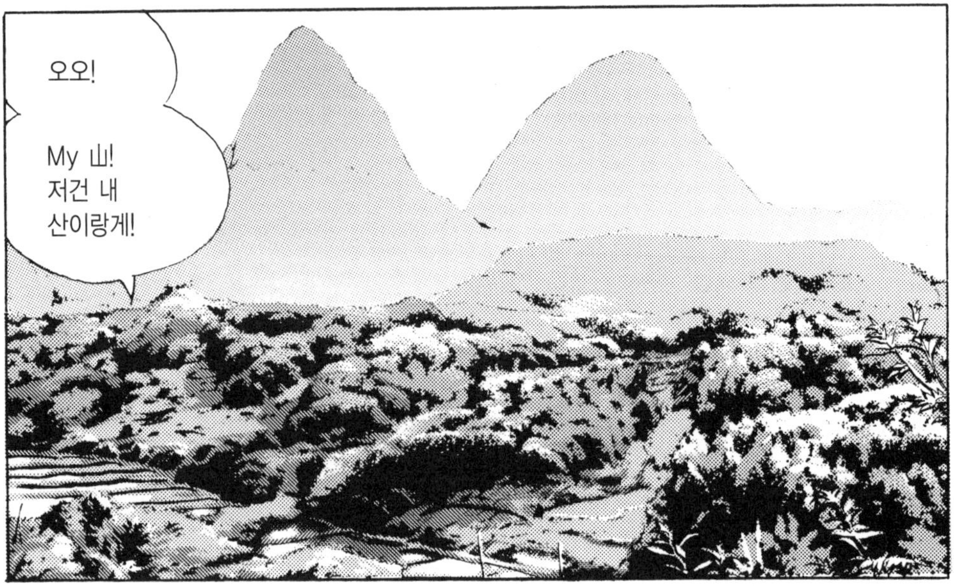
오오!
My 山! 저건 내 산이랑게!

왜 아저씨 산이에요? 말 귀를 닮았대서 마이산(馬耳山)이라잖아요.
흐흐.

이갑용 처사가 이 산에 들어 올 적 나이가 스물다섯이었거든.

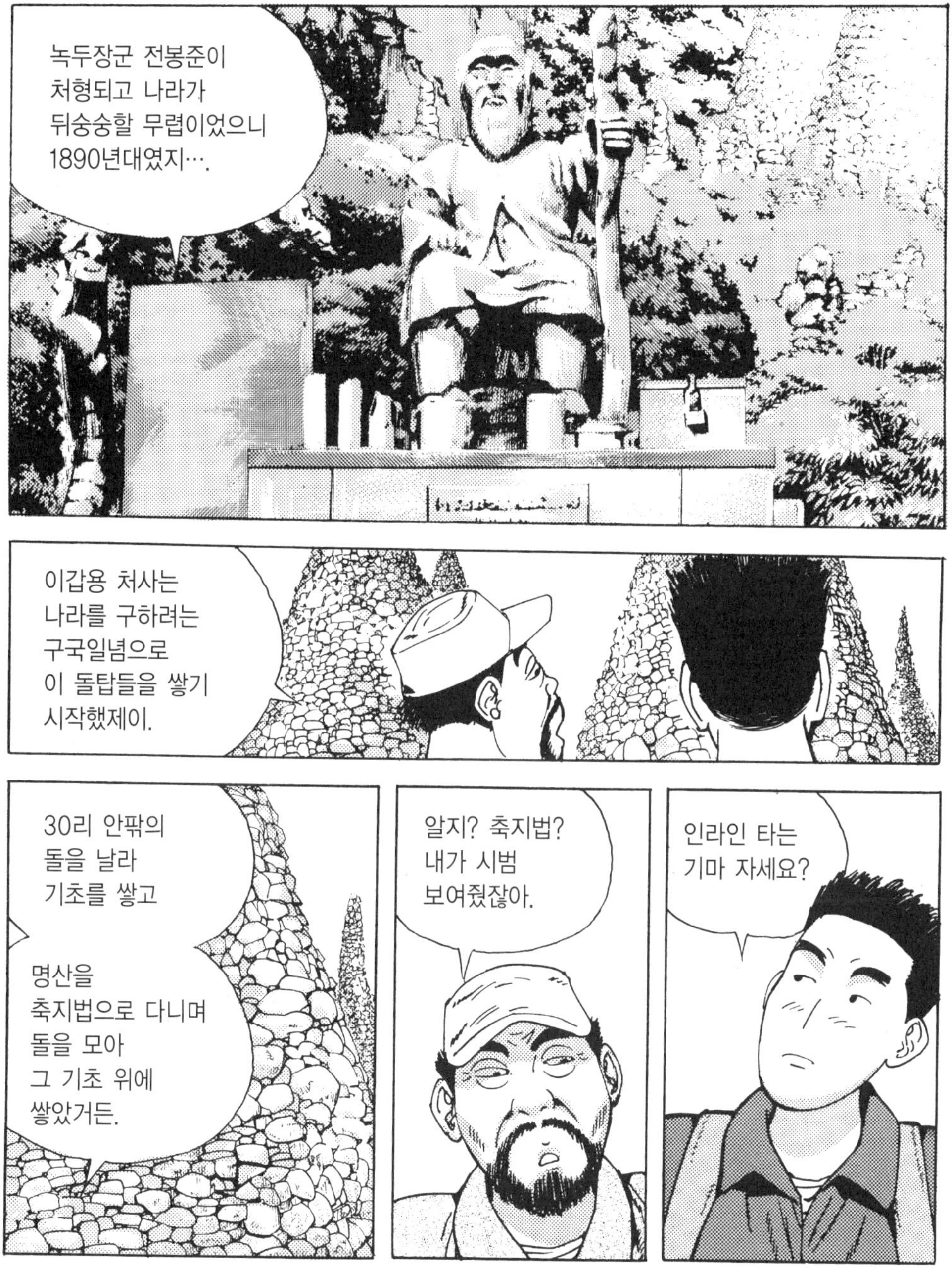
녹두장군 전봉준이 처형되고 나라가 뒤숭숭할 무렵이었으니 1890년대였지….
이갑용 처사는 나라를 구하려는 구국일념으로 이 돌탑들을 쌓기 시작했제이.
30리 안팎의 돌을 날라 기초를 쌓고
명산을 축지법으로 다니며 돌을 모아 그 기초 위에 쌓았거든.
알지? 축지법? 내가 시범 보여줬잖아.
인라인 타는 기마 자세요?

어느 날 이갑용 처사가 꿈에 나타나 이 산을 내게 맡겨분다고 하셨응게.
이제 이 산은 'My 山' 이야. 난 이 산에서 정기를 받아 이 나라를 지켜야 돼.
병자….
바람에 흔들리지만 무너지지 않는 돌탑과 기암절벽의 조화.
우리나라 같지가 않아요.
'거꾸로 고드름' 이라고 말은 들어봤는가?
?
겨울에 물그릇을 여게다 놓으면 고드름이 거꾸로 하늘로 자란당게
와!

두 봉우리 중에 뾰족하고 경사가 심한 것이 숫마이봉,
완만한 곡선으로 좀 넓은 것이 암마이봉이라 하거든.
마이산이 세상엔 암컷과 숫컷만 있다고
질책하는 것이 아니고 뭐냐구.
이 돌을 잘 보게.
?
이제 반 수가 아니라 한 수를 갈쳐줄 텐께네.
후우우우

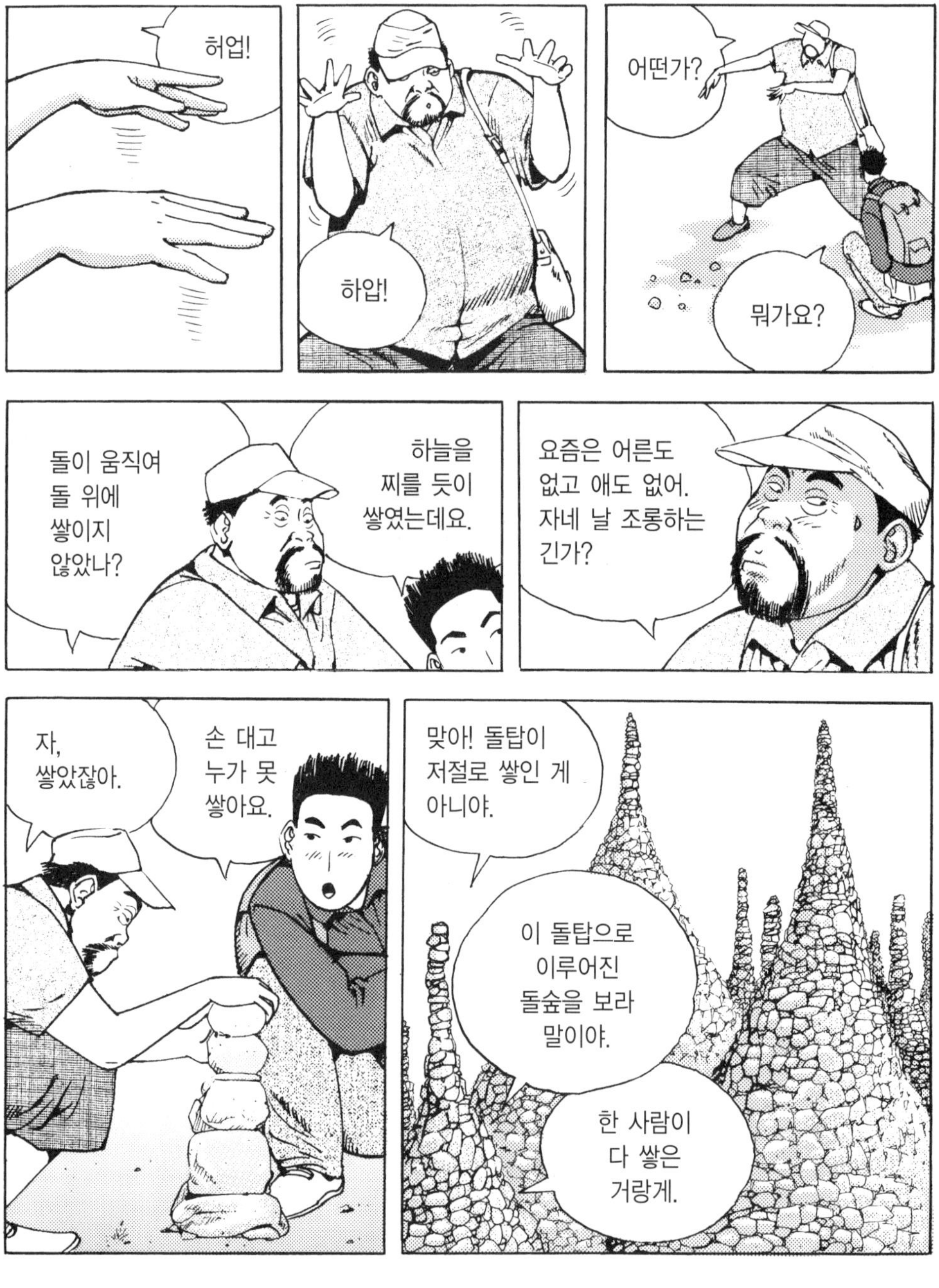
허업!
하압!
어떤가?
뭐가요?
돌이 움직여 돌 위에 쌓이지 않았나?
하늘을 찌를 듯이 쌓였는데요.
요즘은 어른도 없고 애도 없어. 자네 날 조롱하는 긴가?
자, 쌓았잖아.
손 대고 누가 못 쌓아요.
맞아! 돌탑이 저절로 쌓인 게 아니야.
이 돌탑으로 이루어진 돌숲을 보라 말이야.
한 사람이 다 쌓은 거랑게.

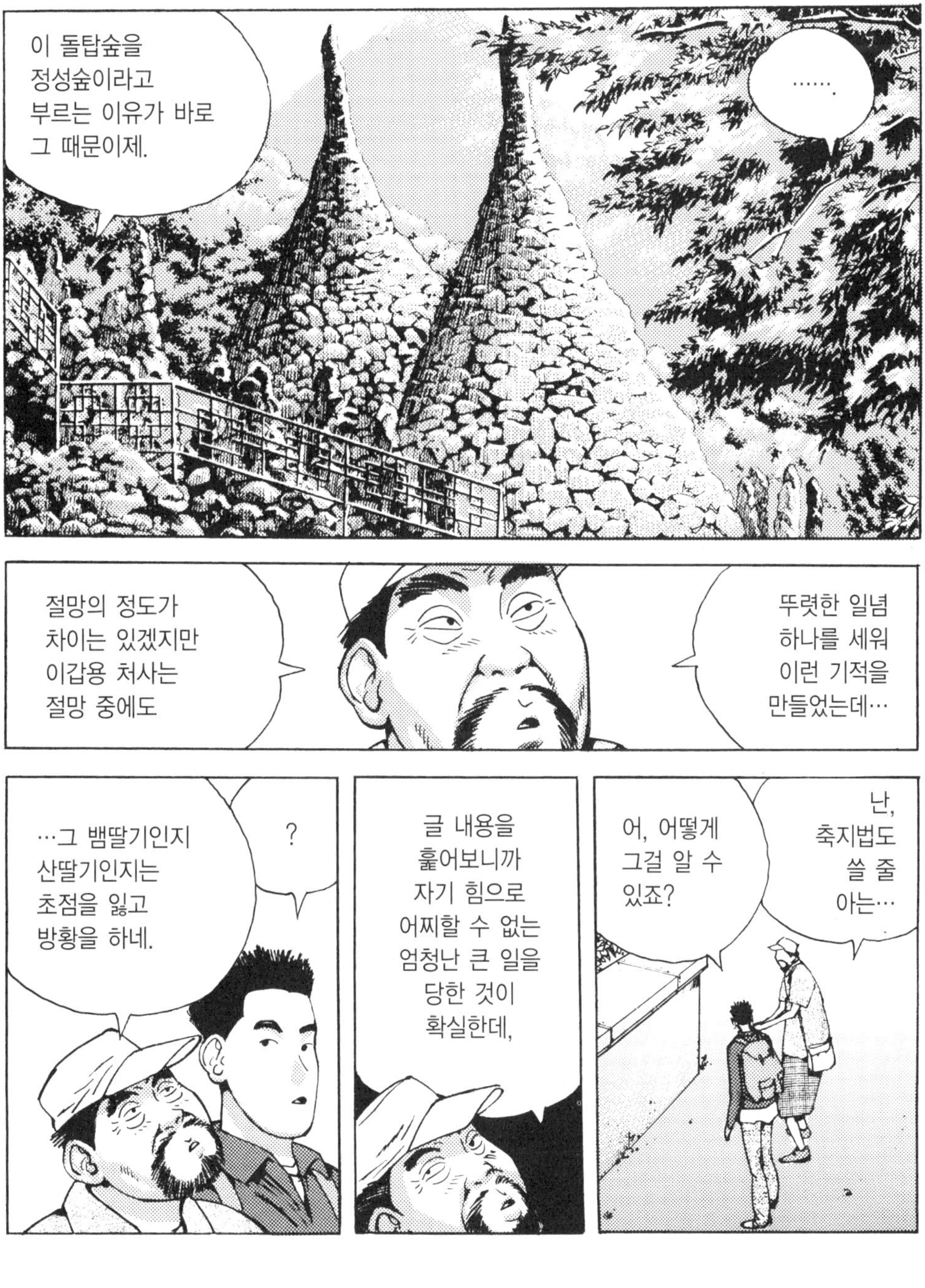
이 돌탑숲을 정성숲이라고 부르는 이유가 바로 그 때문이제.
…….
절망의 정도가 차이는 있겠지만 이갑용 처사는 절망 중에도
뚜렷한 일념 하나를 세워 이런 기적을 만들었는데…
…그 뱀딸기인지 산딸기인지는 초점을 잃고 방황을 하네.
?
글 내용을 훑어보니까 자기 힘으로 어찌할 수 없는 엄청난 큰 일을 당한 것이 확실한데,
어, 어떻게 그걸 알 수 있죠?
난, 축지법도 쓸 줄 아는…

아이쿠, 황 교수님!
오셨구만.
이렇게 기다리게 해서 죄송합니다.
아냐.
오토바이를 타고 오는 바람에 내가 일찍 도착했지.
말했지만 무주를 찾는 관광객을 진안까지 오게 하려면
'무주 반딧불이 축제' 같은 자연산 관광상품을 진안군청에서도 만들어야 해요.
저희가 산업심리학엔 문외한이라 좋은 아이디어 있으면 가르쳐 주십시오.
너무 추켜세우지 마쇼. 심리학 박사라고 별거요? 관광객 맘 모르기는 매한가지지.
저기,

이 메모 노트
주인이 당한 엄청난
큰일이라는 것이
대체 어떤 종류의
일일까요?
…….
어떤 종류인지는
몰라도 그 노트
주인의 능력을
무력화시킨 사건인
것만은 확실해.
딸기의 능력을
무력하게 만든 사건?
그리고 딸기의 능력이라니…,
마이산 암마이봉이
경주에서 봤던 고분처럼
큰 묘지로 보이고
뱀딸기가
그 꼭대기에서
느리게 느리게
바람에 흔들리고 있는
것 같은 느낌….
어이! 친구! 자네
역마살 말이야…,
뻥이었어!

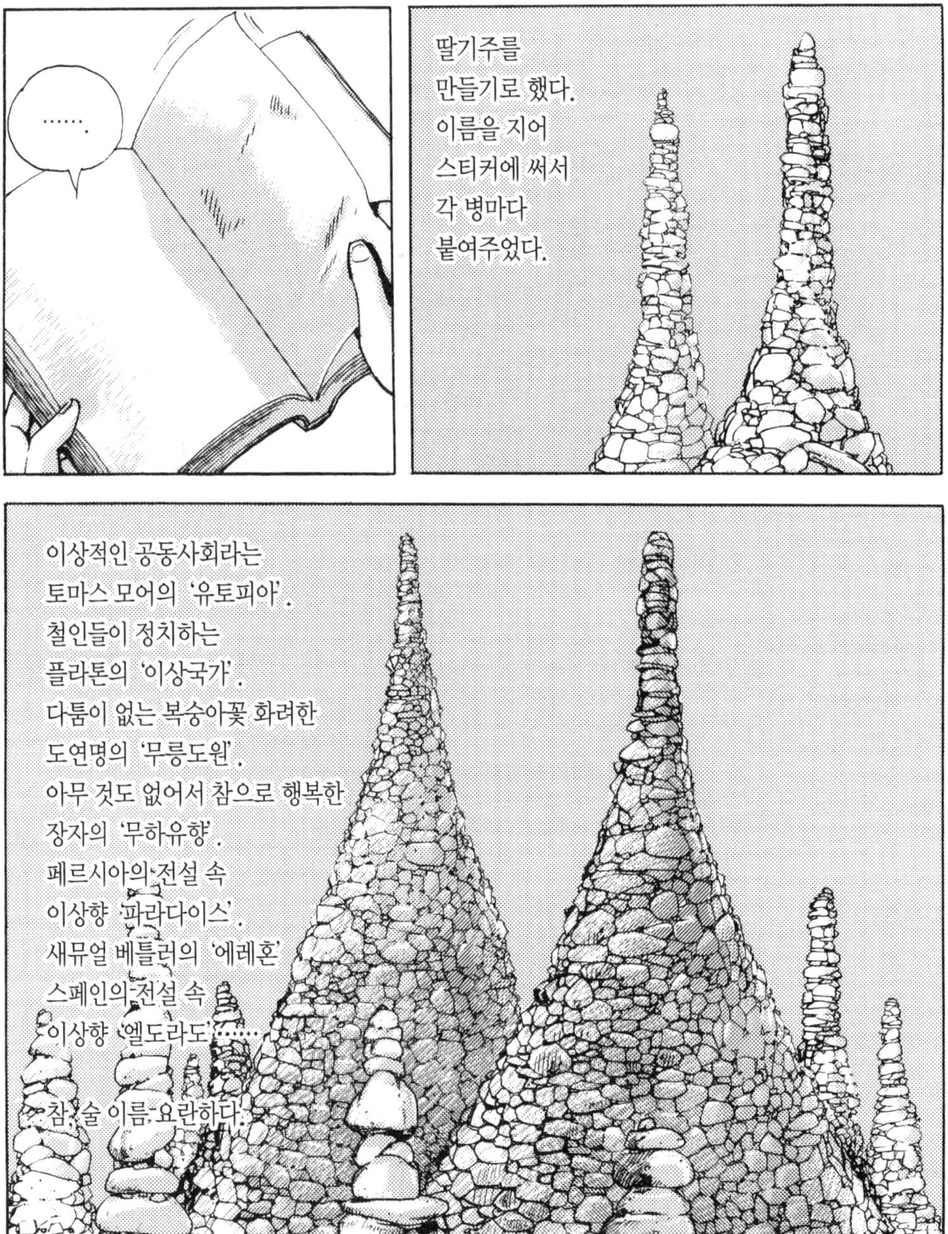
…….
딸기주를
만들기로 했다.
이름을 지어
스티커에 써서
각 병마다
붙여주었다.
이상적인 공동사회라는
토마스 모어의 '유토피아'.
철인들이 정치하는
플라톤의 '이상국가'.
다툼이 없는 복숭아꽃 화려한
도연명의 '무릉도원'.
아무 것도 없어서 참으로 행복한
장자의 '무하유향'.
페르시아의 전설 속
이상향 '파라다이스'.
새뮤얼 베틀러의 '에레혼'
스페인의 전설 속
이상향 '엘도라도'……
참, 술 이름 요란하다.

그리고 '뱀딸기' 로도
술을 담아봤다.
아마, 이런 술은 내가 처음
시도하는 게 아닐까?
'뱀딸기술!'
어라,
'뱀딸기' 로 담은 술하고,
'뱀' 과 일반 '딸기' 를
함께 넣어 담은 술하고
이름이 같게 되잖아.
구별된 이름을 지어주자.
……
뭐라고
지어줄까.
…….
이름을
뭐라고
지었는지
왜 안 쓴
거야?
이런
유치한 낙서에
시간 뺏기는 게
너무 아깝다.
얼른 경희 누나에게
갖다 주자구.

우두두두두두두두두...
.......
젠장!

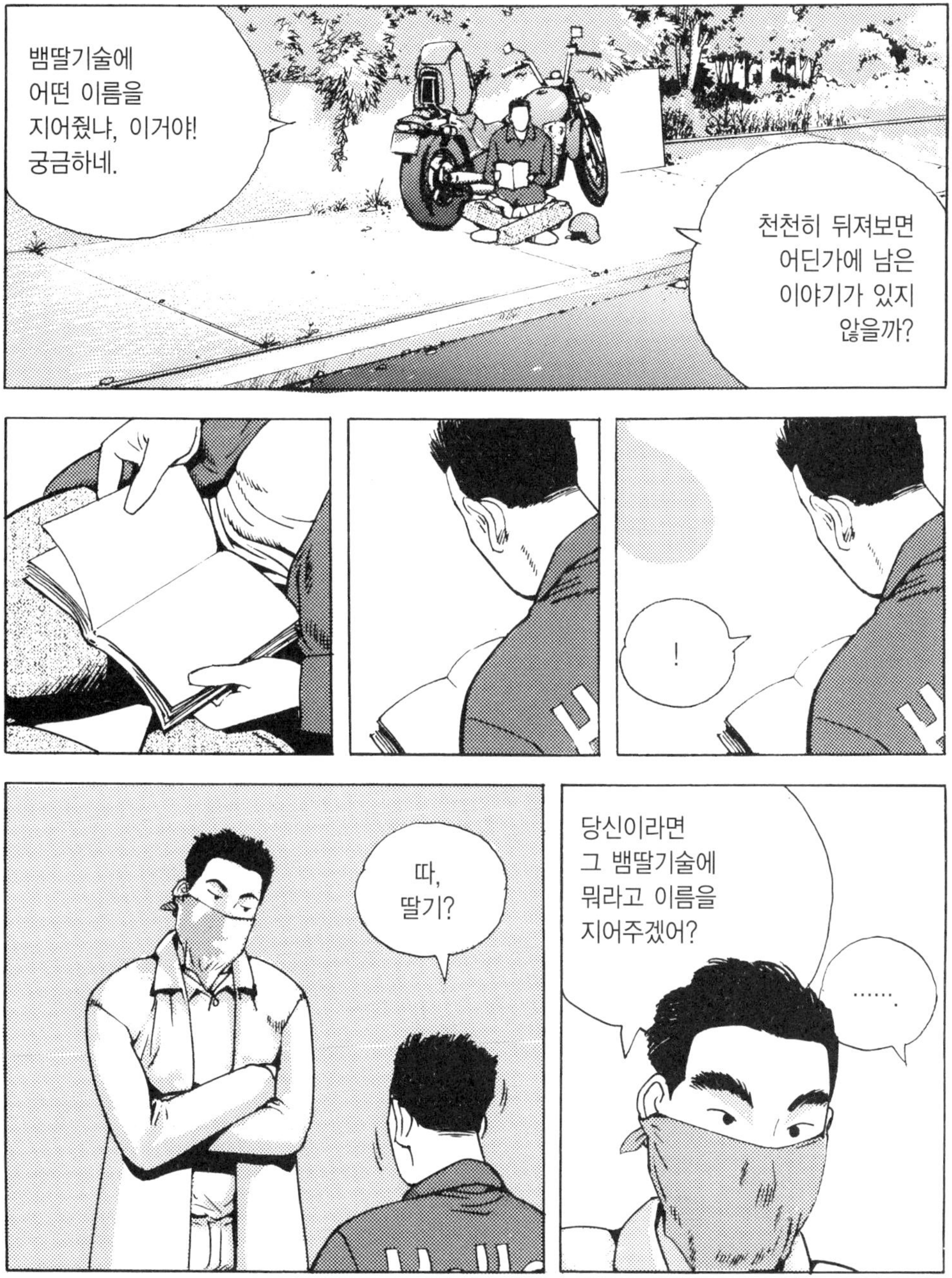
뱀딸기술에
어떤 이름을
지어줬냐, 이거야!
궁금하네.
천천히 뒤져보면
어딘가에 남은
이야기가 있지
않을까?
!
따,
딸기?
당신이라면
그 뱀딸기술에
뭐라고 이름을
지어주겠어?
…….

뱀딸기주에 이름을 붙여 보라고?
웃기시네, 난 왜 당신이 딸기 타령만 하는지 모르겠단 말야.
!
코너 돌다가 바퀴가 모래에 미끄러져 넘어졌어요.
내 핸펀이 깨져서 그러는데 좀 빌릴 수 있을까요?
많이 다쳤나요?
발목이 약간 시큰거려요.
시동만 걸리면 타고 갈 수 있겠는데 이게 왜 이러는지 모르겠네.

이 마스크요?
오봉이 노릇하면 매연과 먼지를 엄청나게 먹거든요.
오봉이?
순진한 척하긴, 가만히 보니까 어려 보이네. 오빠 몇 살?
쟁반을 일본말로 '오봉' 이라고 한다나, 차 배달하는 아가씨들을 그렇게 불러요.
와아~! 간단히 살려내네.
…….
오빠, 폭주족?
전직 오돌이.
오돌이?
오토바이 정비 기사.

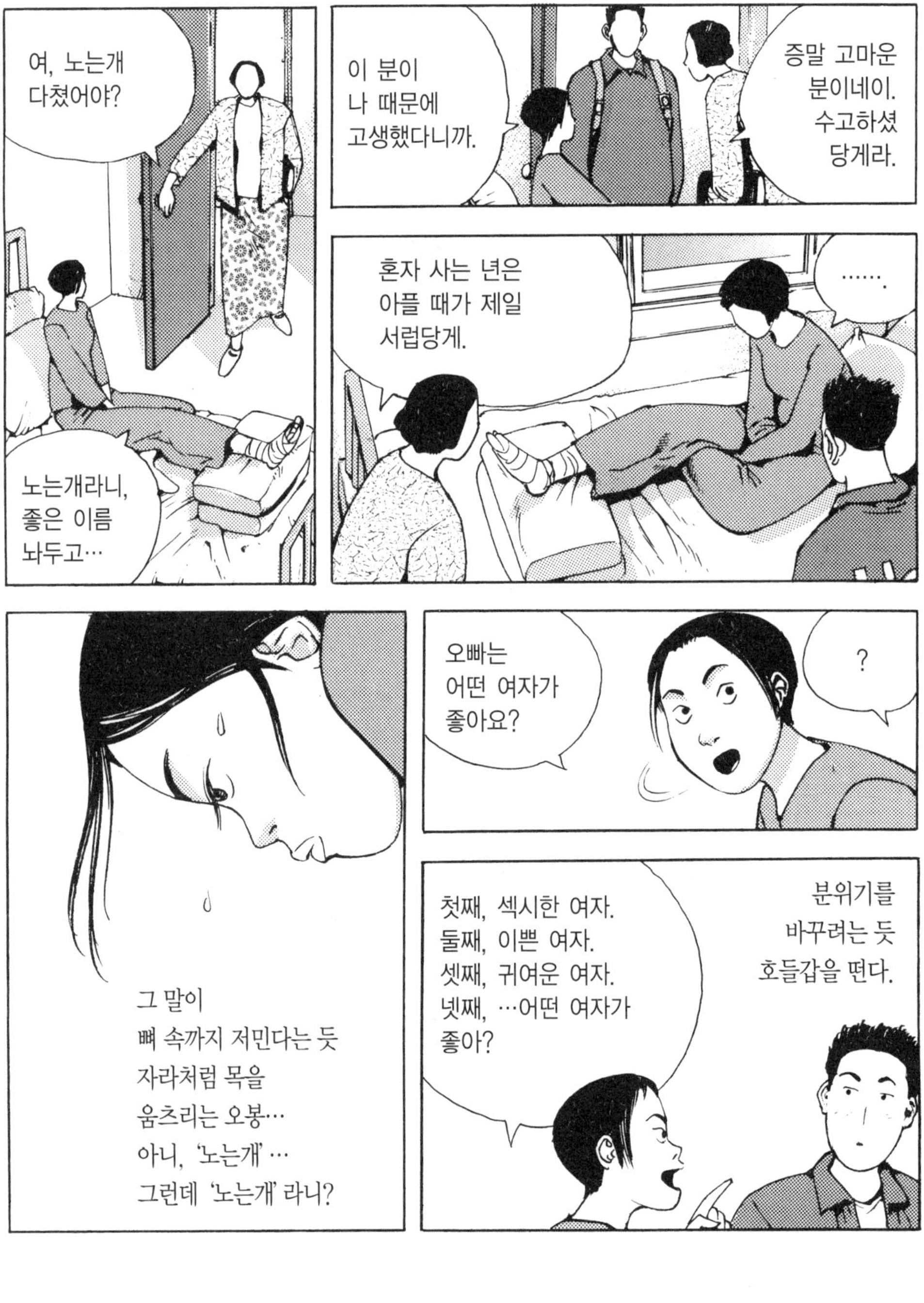
여, 노는개
다쳤어야?
노는개라니,
좋은 이름
놔두고…
이 분이
나 때문에
고생했다니까.
증말 고마운
분이네이.
수고하셨
당게라.
혼자 사는 년은
아플 때가 제일
서럽당게.
…….
그 말이
뼈 속까지 저민다는 듯
자라처럼 목을
움츠리는 오봉…
아니, '노는개'…
그런데 '노는개' 라니?
오빠는
어떤 여자가
좋아요?
?
첫째, 섹시한 여자.
둘째, 이쁜 여자.
셋째, 귀여운 여자.
넷째, …어떤 여자가
좋아?
분위기를
바꾸려는 듯
호들갑을 떤다.

장수읍의 번화가, 시외버스 터미널.
주변에 차 시간 맞추려는 부산한 사람들.
터미널 빼고는 온 거리가 조용하다….
이제 육십령 고개만 넘으면 함양.
경희 누나에게 딸기 노트만 전하면 난 자유지.
난 신세 지고는 못 살아요.
그 몸으로 괜찮아요?
오빠 어떤 스타일의 여자가 좋아?
알아서 뭐하게요.
몇 시간의 데이트지만 그런 여자가 되어 줄게.
… 여자를 상품으로 준비한 그녀.
지금 댁 같은 여자가 좋아요.
어쭈, 수 쓰네. 지금 나한테 작업 들어온 거지?

사또오-!
혼인을 빙자한
사기꾼
모녀입니다.
아닙니다,
사또!
억울합니다.
삼촌이
우리 모녀 모르게
이 아이를
팔았습니다.
우리 모녀는
돈을 받은 적도,
구경한 적도
없습니다.
그 삼촌은?
도망갔당게라.
아버지는?
일찍
죽었습니다.
뭐 삼촌이 돈을 갖고
튀었든 어쨌든
너만 저 집으로
시집 가면 동네가
조용하잖아.
맞습니다.
그럼,
깨끗해진당게라.
…….

시집 가기 싫냐?
예.
왜?
전 무남 독녀거든요. 어머니를 누가 모십니까?
걱정 마, 둘 다 우리집에 와서 살면 되잖아.
철썩
아이쿠!
너 참 나쁜 놈이다.
왜요?
손녀뻘 되는 처자를 마누라로 맞으려는 네놈이 정상이냐?
왜 이러십니까, 난 능력 있는 남자입니다.
돈이면 다 되는 줄 아는 변태 같은 놈.
니가 쟤 삼촌에게 줬다는 돈이 얼마냐? 이거 가지고 꺼져!
철그렁

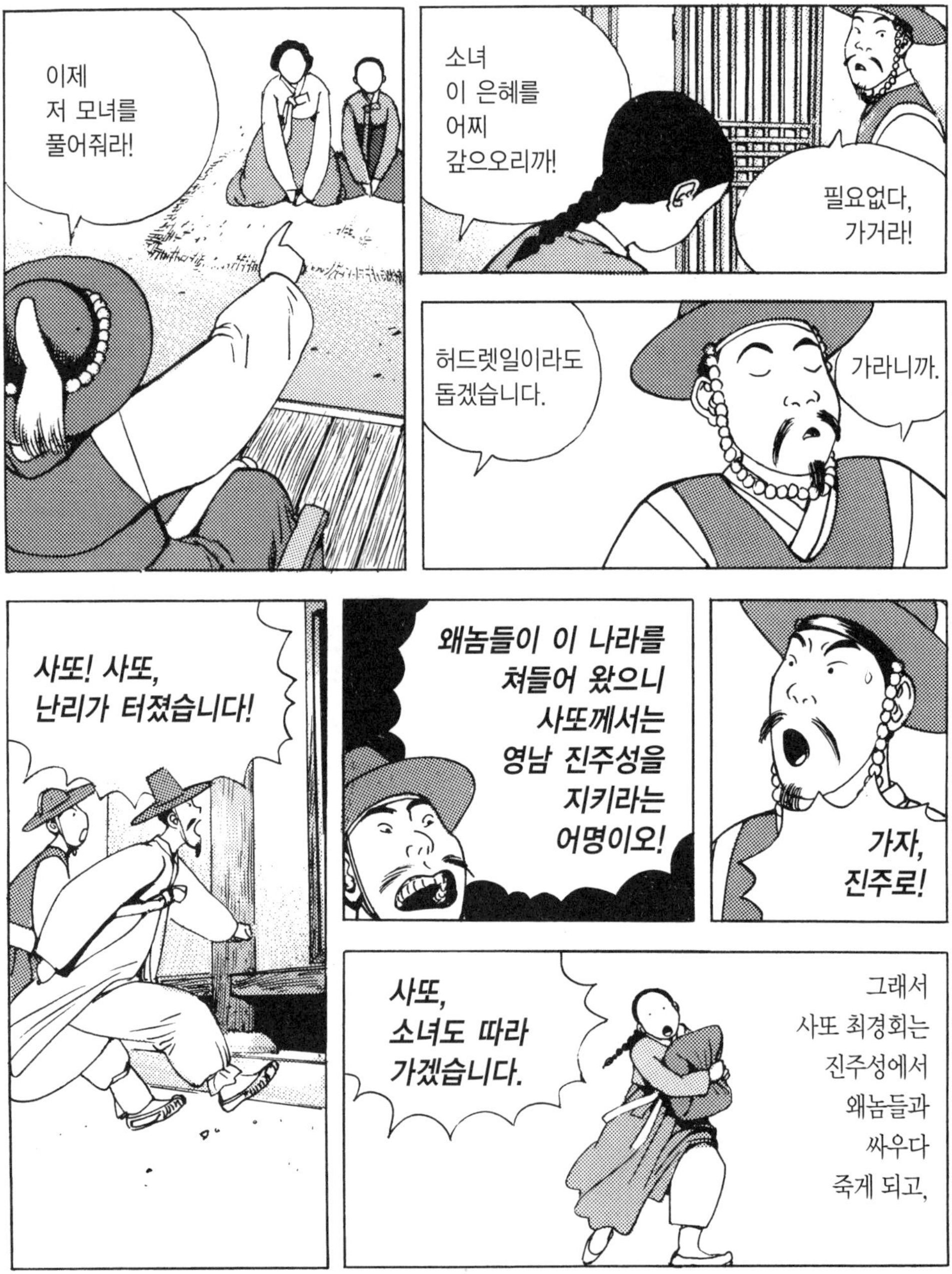
이제 저 모녀를 풀어줘라!
소녀 이 은혜를 어찌 갚으오리까!
필요없다, 가거라!
허드렛일이라도 돕겠습니다.
가라니까.
사또! 사또, 난리가 터졌습니다!
왜놈들이 이 나라를 쳐들어 왔으니 사또께서는 영남 진주성을 지키라는 어명이오!
가자, 진주로!
사또, 소녀도 따라 가겠습니다.
그래서 사또 최경회는 진주성에서 왜놈들과 싸우다 죽게 되고,

은인 최경회의 죽음을 본 그 소녀는 승리에 취해 술판을 벌이는 왜놈들에게 찾아가
이 진주성에 기생 외엔 들어갈 수 없다네.
나, 오늘부터 기생이다네.
그럼 들어 오시라네.
너랑 내랑 죽자네.
으메, 이게 뭔 일이다네.
진주 기생 의암이로 알려진 그녀.
장수군 장계면에서 갑술년, 갑술월, 갑술일, 갑술시의 특이한 사주에 태어났는데 술(戌)은 개(犬)를 뜻하거든요.
산모가 '애를 낳다'의 '낳은(産)'을 여기선 '놓은'이라고 발음하는데… 해서, '놓은 개'
그 부모가 논개라 이름 지었대요.
논개 태어나고 자란 곳이 장수군이란다.

어이- '노는개',
여기까지 웬쩐
일이야?
저런
찌질이들.
논개는 알겠는데
노는개는 뭡니까?
여기 장수에서
매년마다 한 번씩
논개 아가씨
뽑기 대회를
하는데
후보로
참가했었
거든요.
선발 예선전
자, 다음 후보를
모시겠습니다.
자기 소개해
주시죠.

안녕하세요, 14번 장판리 대표로 나왔습니다.
논개 아가씨 후보로써 재주나 특기 같은 거 있습니까?
춤요.
아! 논개처럼 기품 있는 우아한 춤을 보여 주시게요?
오!
예!
아이- 한복을 입어서 율동이 안 살아나네요.
와하하하!
크흐흐흐 뉘집 딸이냐? 잘 논다.
잘 노는 ×.
'노는개' 다.
흐흣. 예선에서 떨어지긴 했지만 그때부터 날 조롱한다니까.
밝게 웃는 그녀….

논개 생가야.
하나,
둘, 셋 …
열둘.
딱 논개 생가 왼쪽 기둥이 마주 보이잖아, 여기.
짜안-!
나만 아는 비밀 장소.
여긴 사과가 유명하거든. 사과로 담은 술이야.
여기 자주 이용하나 봐요?

다섯 살 때 아버지가 죽고
어머니까지 마저 죽으니까 논개는 혼자일 수밖에 없었어.
'논개' 나 '노는개' 나 외로운 처지가 너무 같은 거 있지.
논개도 돈에 팔렸었잖아. 그 얘기에선, 나 막 눈물이 났었다니까.
…….
기품있는 우아한 춤 볼래요?
오예.
나 발목도 시원찮은데 무리 하는 거 아냐?
외로움을 털어 버리려는 듯 몸부림치는 그녀.
앗싸!
앗싸!
어쭈구리, 노는개 파트너 답다!
같이 털어 버리지 뭐.

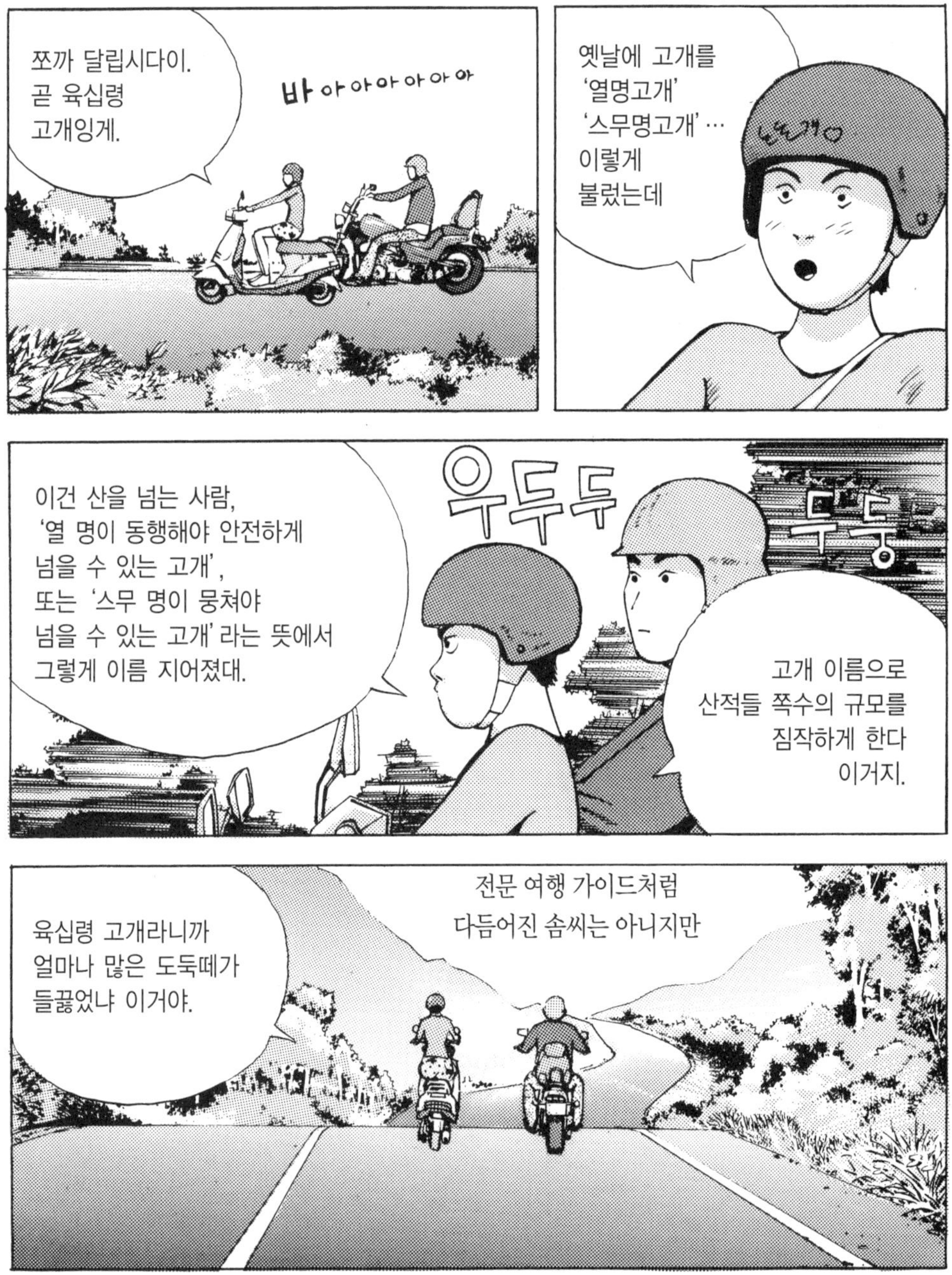
쪼까 달립시다이. 곧 육십령 고개잉게.
바아아아아아아아
옛날에 고개를 '열명고개' '스무명고개'… 이렇게 불렀는데
이건 산을 넘는 사람, '열 명이 동행해야 안전하게 넘을 수 있는 고개', 또는 '스무 명이 뭉쳐야 넘을 수 있는 고개'라는 뜻에서 그렇게 이름 지어졌대.
우두두
두둥
고개 이름으로 산적들 쪽수의 규모를 짐작하게 한다 이거지.
전문 여행 가이드처럼 다듬어진 솜씨는 아니지만
육십령 고개라니까 얼마나 많은 도둑떼가 들끓었냐 이거야.

곳곳이 패인 아스팔트를 미리미리 피해 달릴 만큼 '노는개'는 이 도로를 손금 보듯 꿰고 있는 듯하다.
바루루루루
니미럴, 내 갈길 인도할 가이드는 없나?
속도 위반 하셨습니다.
속도 위반? 나 우리 오빠랑 아무런 일 없었어. 혼전관계라니….
나참.
'노는개'야, 너 지금 내하구 놀자는 거냐?
할일없이 왜 놀아? 나 바쁜 몸이야.
빨리 딱지 끊어. 외상 안 갚은 거 있지? 그걸로 딱지값 대신 해.
나참.
야가 사람 속을 득득 긁네.
이런 건 공무집행 방해에 안 걸리나?

뭐야, 한 놈은 벌써 째부렀네이!
으흐흐흐.
삐리리리
감사 ♡ -오돌이-
오호, 어떻게 내 번호를 알았을까?
내 전화를 쓰신 적 있잖아요.
맞아, 가게로 걸었던 적이 있어.

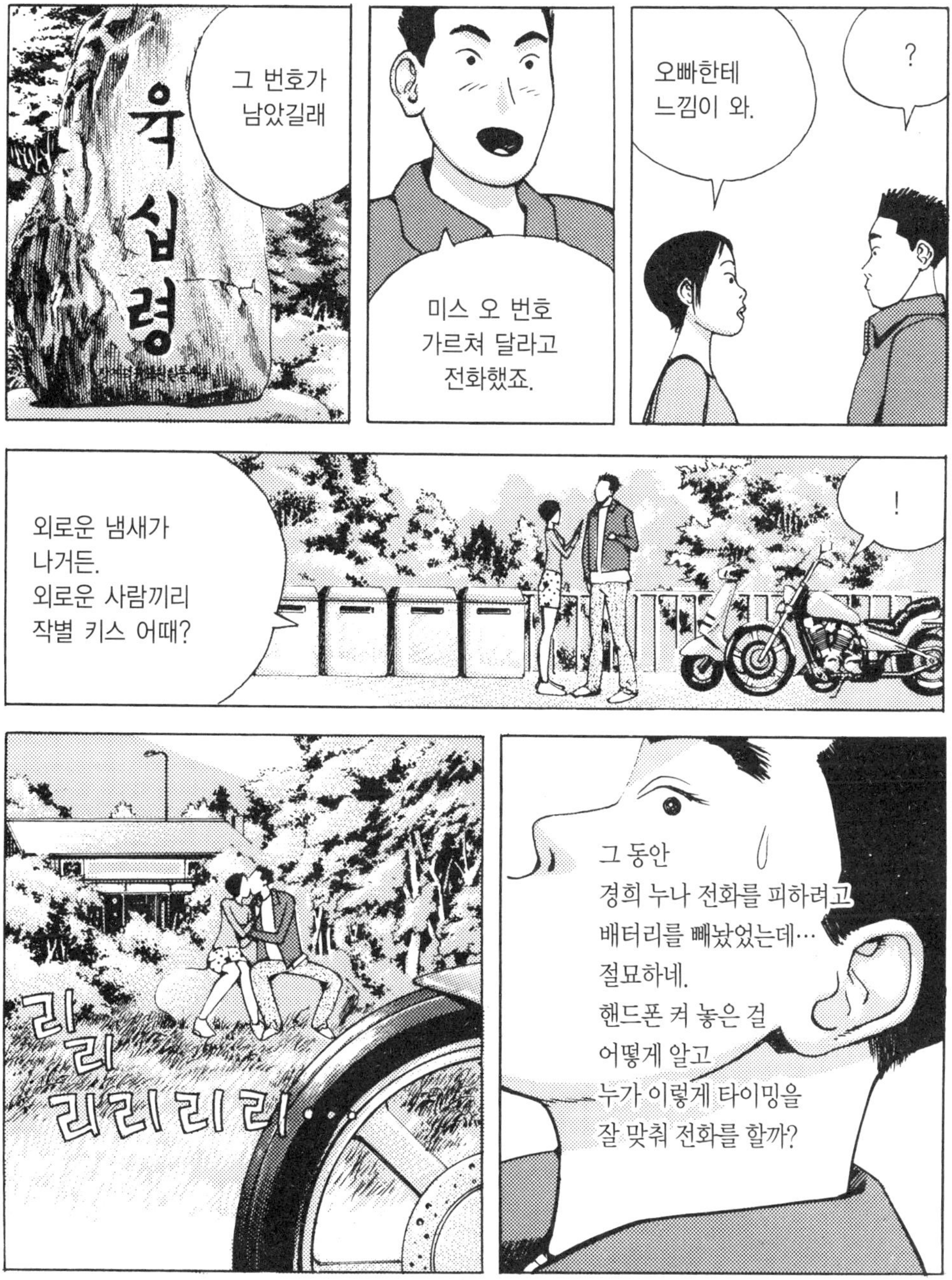
육십령
그 번호가 남았길래
미스 오 번호 가르쳐 달라고 전화했죠.
오빠한테 느낌이 와.
?
외로운 냄새가 나거든. 외로운 사람끼리 작별 키스 어때?
!
리리리리리리리
그 동안 경희 누나 전화를 피하려고 배터리를 빼놨었는데… 절묘하네. 핸드폰 켜 놓은 걸 어떻게 알고 누가 이렇게 타이밍을 잘 맞춰 전화를 할까?

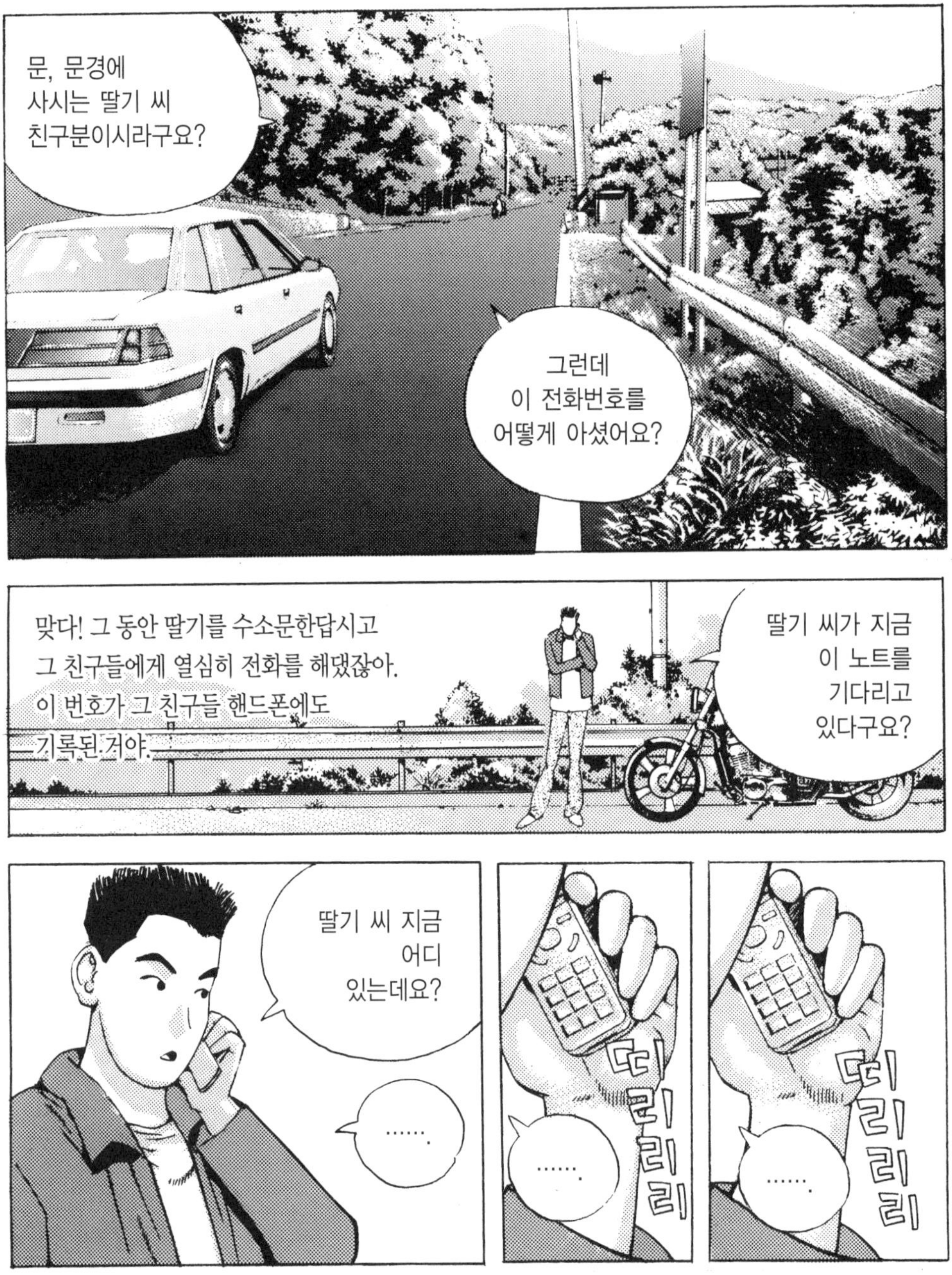
문, 문경에
사시는 딸기 씨
친구분이시라구요?
그런데
이 전화번호를
어떻게 아셨어요?
맞다! 그 동안 딸기를 수소문한답시고
그 친구들에게 열심히 전화를 해댔잖아.
이 번호가 그 친구들 핸드폰에도
기록된 거야.
딸기 씨가 지금
이 노트를
기다리고
있다구요?
딸기 씨 지금
어디
있는데요?
…….
띠리리리
…….
띠리리리
…….

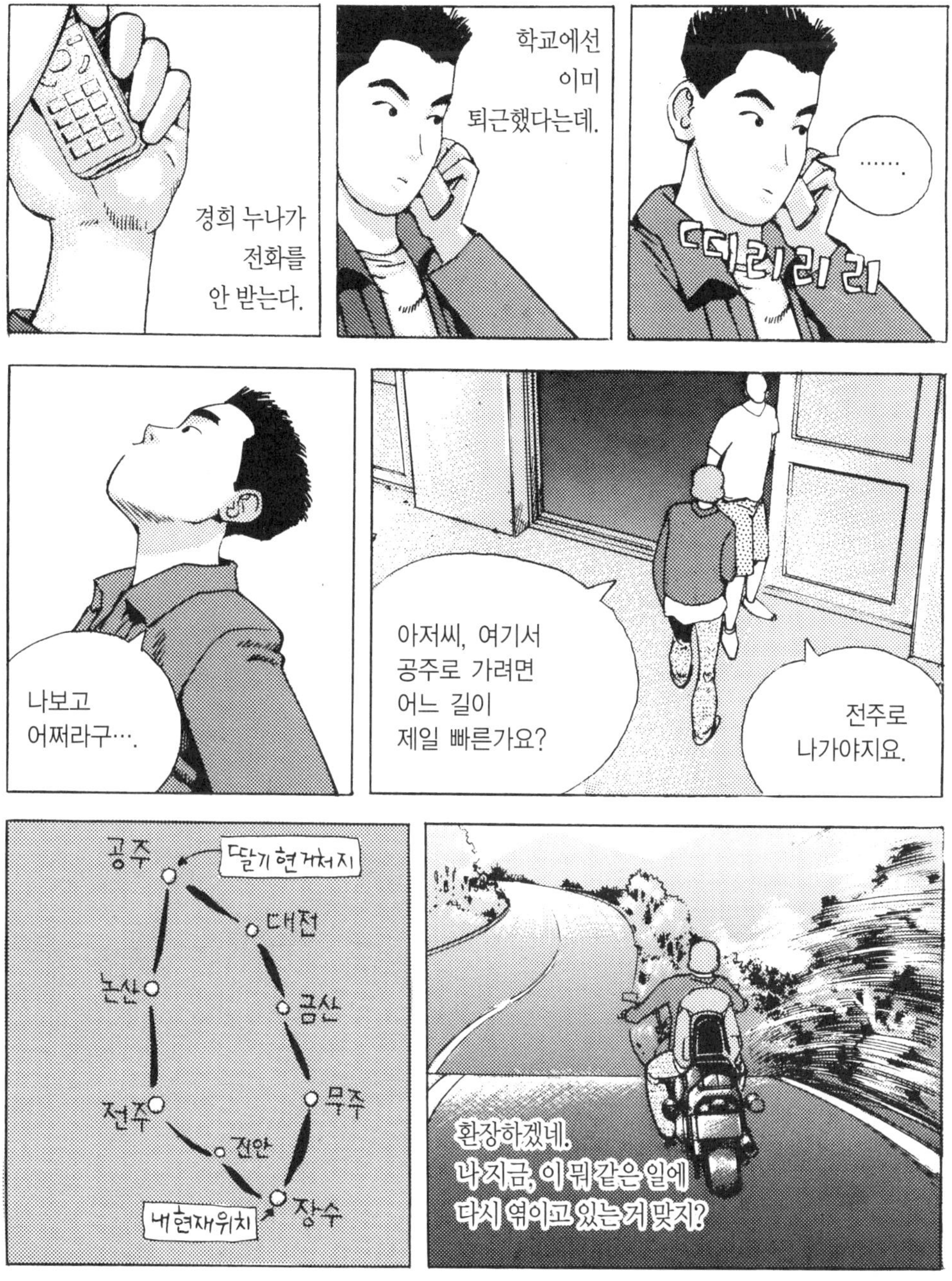
경희 누나가
전화를
안 받는다.
학교에선
이미
퇴근했다는데.
…….
띠리리리리
나보고
어쩌라구….
아저씨, 여기서
공주로 가려면
어느 길이
제일 빠른가요?
전주로
나가야지요.
공주
딸기 현 거처지
대전
논산
금산
전주
무주
진안
장수
내 현재위치
환장하겠네.
나 지금, 이 뭐 같은 일에
다시 엮이고 있는 거 맞지?

술병에
이름 지어주기 놀이나
하는 유치한 놈…,
술?
술…!
아, 입술.
'노는개'의
입술.
맞다,
난 태어나서
처음으로
키스를 한 거잖아.
첫 키스!
가슴은 마구마구 떨리지,
주머니에선
전화벨 소리 요란하지….
망할…!
키스가 어떻게
시작되고 끝났는지
정신이
없었다니까.
딸기가
기다리고 있다는
공주로 가기 위해
다시 장수로
들어가니…
우두두 두등

주달문의 딸,
주논개가
있던 자리에
여전히 서서
맞이한다.
진주 촉석루에서는
풍전등화 같은
나라를 구하려는
의로운 여자인
논개를 만나게
되지만
장수에서는 은혜를 베푼 한 남자에게 죽기까지
사랑을 바치는 여자, 논개를 만나게 된다.
문: 다음 여자 중에
어떤 여자를 좋아하는가?
1. 섹시한 여자
2. 이쁜 여자
3. 귀여운 여자
4. 똑똑한 여자…
내 대답:
'한 남자의 여자' …
장수에서 만나는
논개처럼-
'노는개' 한테
위 내용을 문자로
보내줘야겠다.

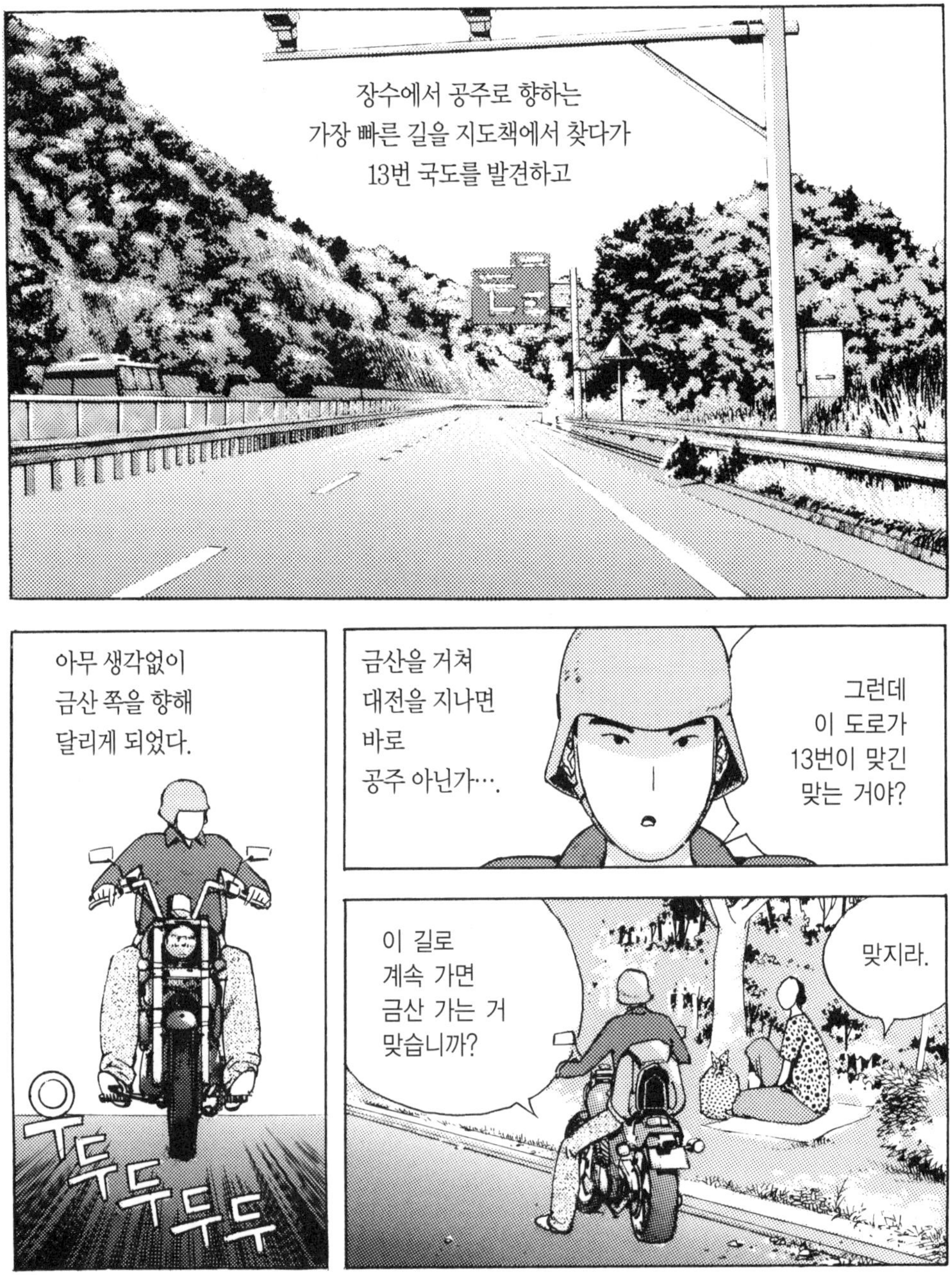
장수에서 공주로 향하는
가장 빠른 길을 지도책에서 찾다가
13번 국도를 발견하고
아무 생각없이
금산 쪽을 향해
달리게 되었다.
우두두두두
금산을 거쳐
대전을 지나면
바로
공주 아닌가….
그런데
이 도로가
13번이 맞긴
맞는 거야?
이 길로
계속 가면
금산 가는 거
맞습니까?
맞지라.

버스 기다리세요? 어느 쪽으로 가시려고 그러시죠?
저랑 같은 방향이면…
여긴 정류장이 아니지라.
정말….
…….
그럼 누가 모시러 오는가 보군요.
…….
*반뵈기(반보기)라고 아실랑가?
?
옛날엔 시집 간 딸을 어디 맘대로 볼 수 있었나?
추석이 농한기이고 추석 전후로 음식들이 흔하니께 친정 어미랑 시집 간 딸이 각자 음식을 싸들고 양편 집 중간쯤에서 만나서는
음식 보따리랑 야그 보따리 풀면서 반나절 동안 놀았는디….

*반뵈기 : '중로상봉(中路相逢)'이라고 표기하기도 함.

그저 추석은 아니래도 일손이 한가한 짬을 내서 잠깐잠깐 반뵈기 흉내를 내며 노는 기지라….
요즘 시상에 며느리 친정 안 보내는 시댁이 어디 있간디?
이제 곧 올 때가 됐는디.
그럼 따님을 기다리시는가 보군요.
음력으로 7월 중순이면 곡식이 영글은 게 논, 밭에 김도 이제 더 맬 필요가 없제이. 기다렸다 추수할 일만 남았응게….
이때쯤에 '호미씻이(세서연洗鋤宴)' 를 한당게라.
호미씻이?
호미씻이 끝내면 바로 다들 반뵈기를 하는디…
논이나 밭을 더 맬 필요가 없응게 호미를 씻어 보관한다 이거제.
내 시집 올 무렵엔 호미씻이만 끝내면 왜 꼭 늦장마에 태풍이 불었는지…

엄니!
엄니, 물이 불어서 안 되겄어라. 그냥 돌아가랑게.
……!
태풍 땜에 논밭에 일거리가 부지기랑게, 돌아가랑게.
……!
서로 쳐다보고 휘휘 손만 내저을 수밖에.
엄니, 이 서방은 내게 잘 해준당게. 나, 고생 안 하니께
……
염려 붙들어 매라구….
물소리 땜에 서로 들리지도 않아. 그래도 열심히 안부를 전하느라 돌아설 때면 목이 쉬지….
…….
할머니랑 딸의 상봉 장면이 기다려지는 건 뭐냐?

장마랑 태풍 땜에 친정엄니 못 만난 것이 한이 되야서
장날,
인편을 통해 차라리 설날 전후로 만나자구 친정에 전했지.
추위 피할 오두막 하나가 친정이랑 시집이랑 중간쯤에 있는 걸 내 봐둔 적이 있어서 꾀를 냈는디.
!
들어봤는가, 무진장에 (무주, 진안, 장수) 눈이 오면 무진장 온다는 말….
몇 번을 미뤄 다시 잡은 우리 모녀만의 반뵈기 날 그나마 뜸하던 차편마저 눈 때문에 다 끊어졌당게라.

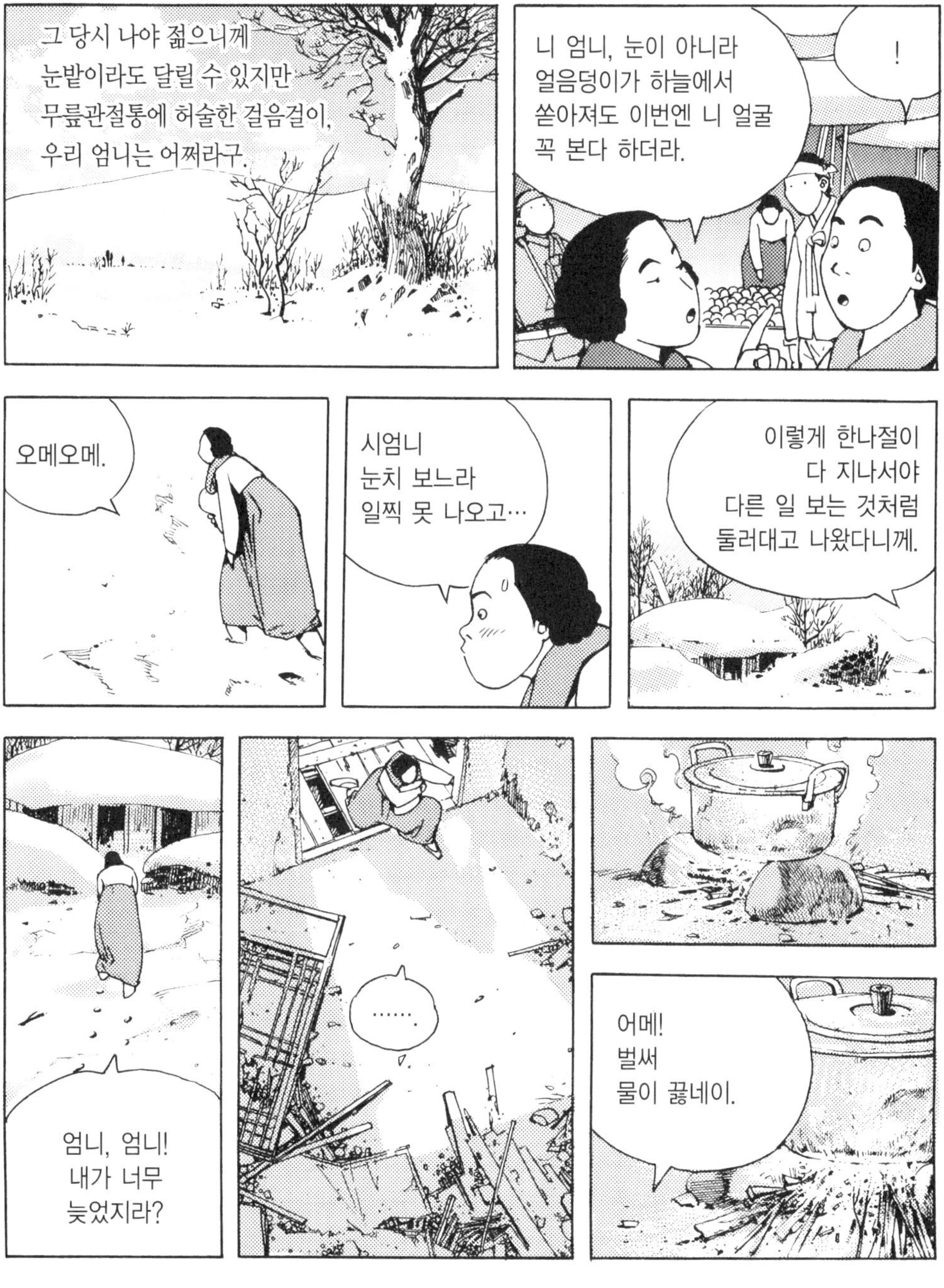
그 당시 나야 젊으니께 눈밭이라도 달릴 수 있지만 무릎관절통에 허술한 걸음걸이, 우리 엄니는 어쩌라구.
니 엄니, 눈이 아니라 얼음덩이가 하늘에서 쏟아져도 이번엔 니 얼굴 꼭 본다 하더라.
!
오메오메.
시엄니 눈치 보느라 일찍 못 나오고…
이렇게 한나절이 다 지나서야 다른 일 보는 것처럼 둘러대고 나왔다니께.
엄니, 엄니! 내가 너무 늦었지라?
…….
어메! 벌써 물이 끓네이.

떡국 끓일 물이
몇 번을 쫄았는디
왜 우리 엄니 안 오시나….
눈길인디 혹시라도
미끄러져
뼈 부러지시면
설마….
에이–
방정 맞은 생각
접더라고이.
치이이이이이
…….
치이이이익
…….
치직
칙
치익
겨울 해 짧다 해도
그렇게 지루할까이…
혹시 오시다가
넘어졌는지…
아님, 약속 날짜를
잊었는지…
회포 푸는 건
고사하고 걱정만
푸짐하게 안고
돌아서는디.
!
내 발자국
말고…

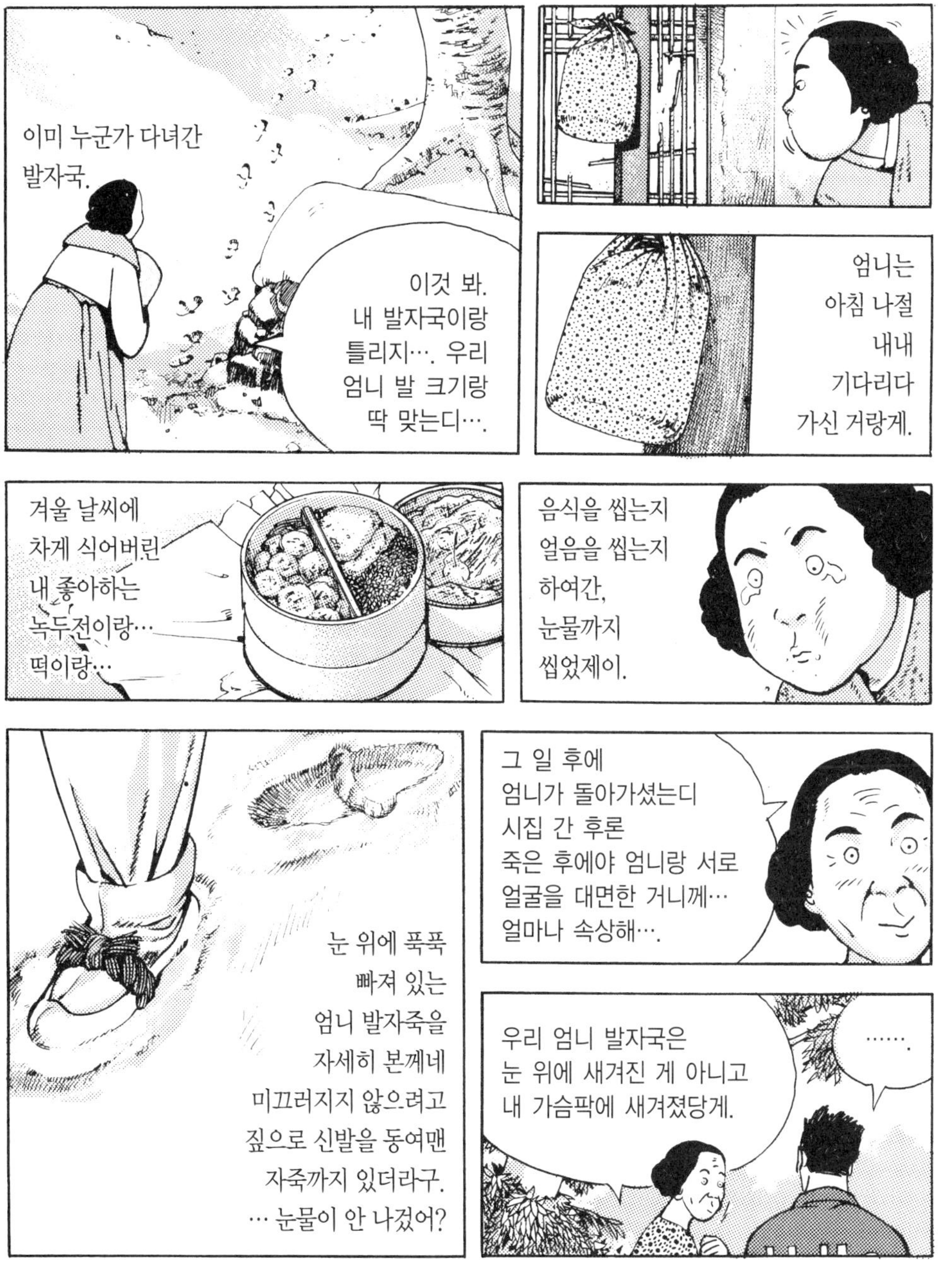
이미 누군가 다녀간 발자국.
이것 봐. 내 발자국이랑 틀리지…. 우리 엄니 발 크기랑 딱 맞는디….
엄니는 아침 나절 내내 기다리다 가신 거랑게.
겨울 날씨에 차게 식어버린 내 좋아하는 녹두전이랑… 떡이랑…
음식을 씹는지 얼음을 씹는지 하여간, 눈물까지 씹었제이.
눈 위에 폭폭 빠져 있는 엄니 발자죽을 자세히 본께네 미끄러지지 않으려고 짚으로 신발을 동여맨 자죽까지 있더라구. … 눈물이 안 나겄어?
그 일 후에 엄니가 돌아가셨는디 시집 간 후론 죽은 후에야 엄니랑 서로 얼굴을 대면한 거니께… 얼마나 속상해….
우리 엄니 발자국은 눈 위에 새겨진 게 아니고 내 가슴팍에 새겨졌당게.
…….

이젠
친정엄니가 아니라
시집 간 딸이랑
반뵈기하려구
이렇게 나왔지.
뭐 옛날처럼
시집살이 매운
것도 아니고 전화도
있구 교통편도
좋아져서
아쉬울 게 없는 시상이 됐어도
사위랑 외손자 뒤치다꺼리
하느라 여전히
시집간 딸은 보기가
쉽지 않네이….
딸한테
부득부득
반뵈기를 하자고
졸랐지.
니 이렇게
어거지로라도 내 얼굴
안 보믄 내 죽은 후
후회한당께 하면서
협박도 했지라. 흘흘.
틀린 말 아녀.
내가 우리 엄니
못 본 것이
한으로 남았당게….
…….

……
반뵈기하기 참 좋은 날씨지?
그렇네요. 몇 시에 만나기로 하셨죠?
……
……
……
……
금산을 서둘러 갈 것 같더니 안 바쁜가베?
조금 쉬었다 가려고.
이런….
?
쯧쯧….

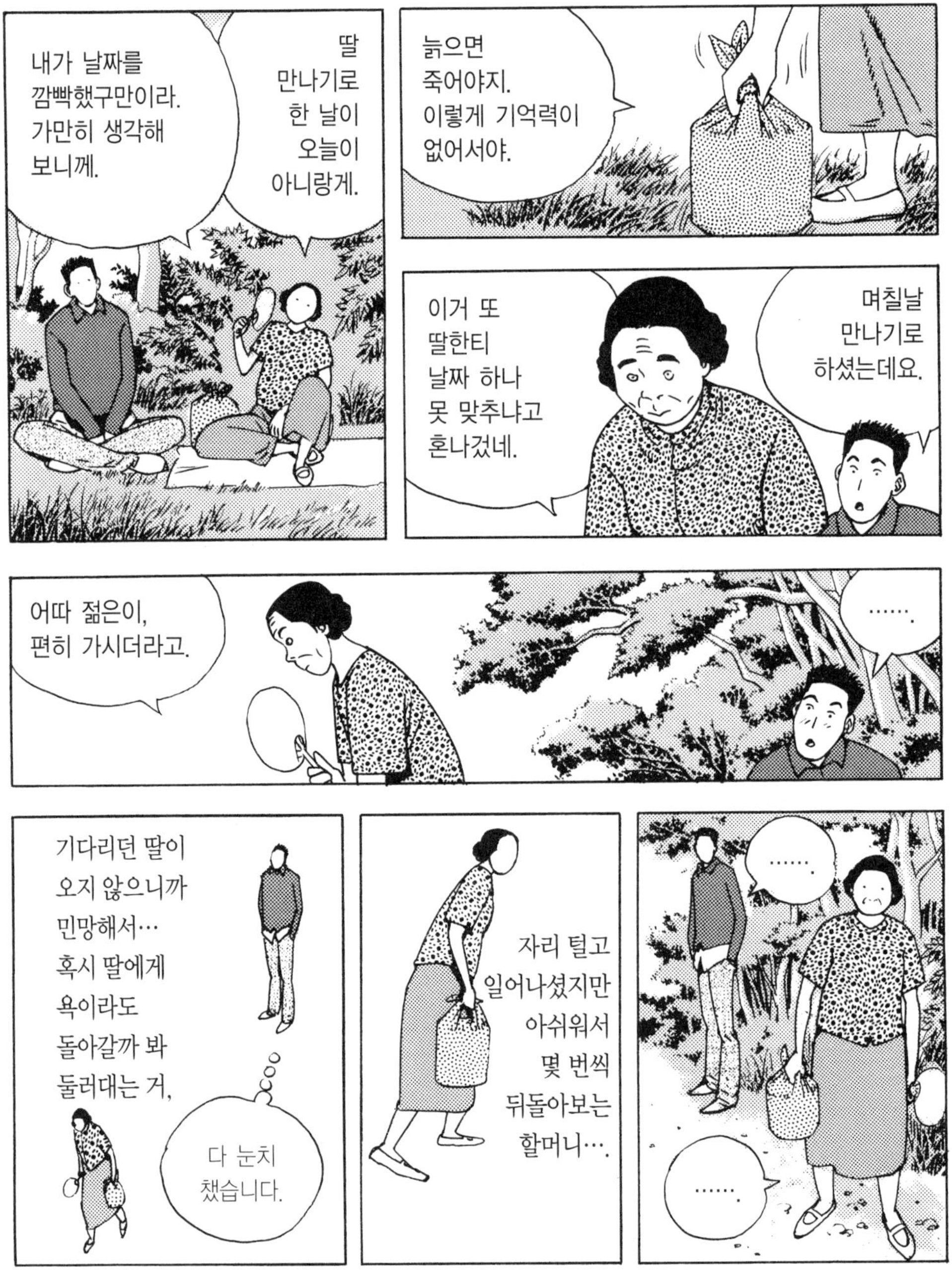
내가 날짜를 깜빡했구만이라. 가만히 생각해 보니께.
딸 만나기로 한 날이 오늘이 아니랑게.
늙으면 죽어야지. 이렇게 기억력이 없어서야.
이거 또 딸한티 날짜 하나 못 맞추냐고 혼나겄네.
며칠날 만나기로 하셨는데요.
어따 젊은이, 편히 가시더라고.
…….
기다리던 딸이 오지 않으니까 민망해서… 혹시 딸에게 욕이라도 돌아갈까 봐 둘러대는 거,
다 눈치 챘습니다.
자리 털고 일어나셨지만 아쉬워서 몇 번씩 뒤돌아보는 할머니….
…….
…….

엄마.
!
엄마.
내가 너무 늦었지, 많이 기다렸어?
애를 친구 집에 맡기고 오느라고….
아이고, 아녀! 얼마 안 기다렸당게.
백중도 멀었는데 반보기를 하자구 자꾸 그러셔.
이거 먹어봐, 좋아하는 약밥이다.
안 바빠?
그깟 밭떼기 얼마나 된다구.
꼭 소풍 나온 거 같다.
날씨 좋지?
할머니는 둘러댔던 말은 안중에도 없는 듯 무진장 신이 나신 모양이다.
……
무진장!

# 뱀딸기 [Duchesnea chrysantha] • p 154

명사 쌍떡잎식물 장미목 장미과의 여러해살이풀.
분포지역 : 한국 · 중국 · 일본 · 말레이시아 · 인도.
서식장소 : 풀밭이나 논둑의 양지

풀밭이나 논둑의 양지에서 자란다. 덩굴이 옆으로 뻗으면서 마디에서 뿌리가 내린다. 잎은 어긋나고 뿌리에 달린 잎은 3장의 작은잎이 나온 잎이며 작은잎은 달걀 모양이거나 달걀 모양 원형이며 길이 2~3.5cm, 나비 1~3cm이다. 잎가장자리에 이 모양의 톱니가 있고 뒷면에는 긴 털이 난다. 턱잎은 달걀 모양 바소꼴이고 가장자리가 밋밋하다.

꽃은 4~5월에 노란색으로 피며 잎겨드랑이에서 긴 꽃줄기가 나와서 끝에 1개의 꽃이 달린다. 꽃받침조각은 달걀 모양이고 부꽃받침은 5개로 갈라지고 다시 얕게 3개로 갈라진다. 꽃잎은 넓은 달걀 모양이며 길이 5~10mm이다. 열매는 수과로서 6월에 익으며 둥글고 지름 1cm 정도로 붉게 익으며 먹을 수 있다. 한국 · 중국 · 일본 · 말레이시아 · 인도 등지에 분포한다.

| 第6화 |

# 개삼터

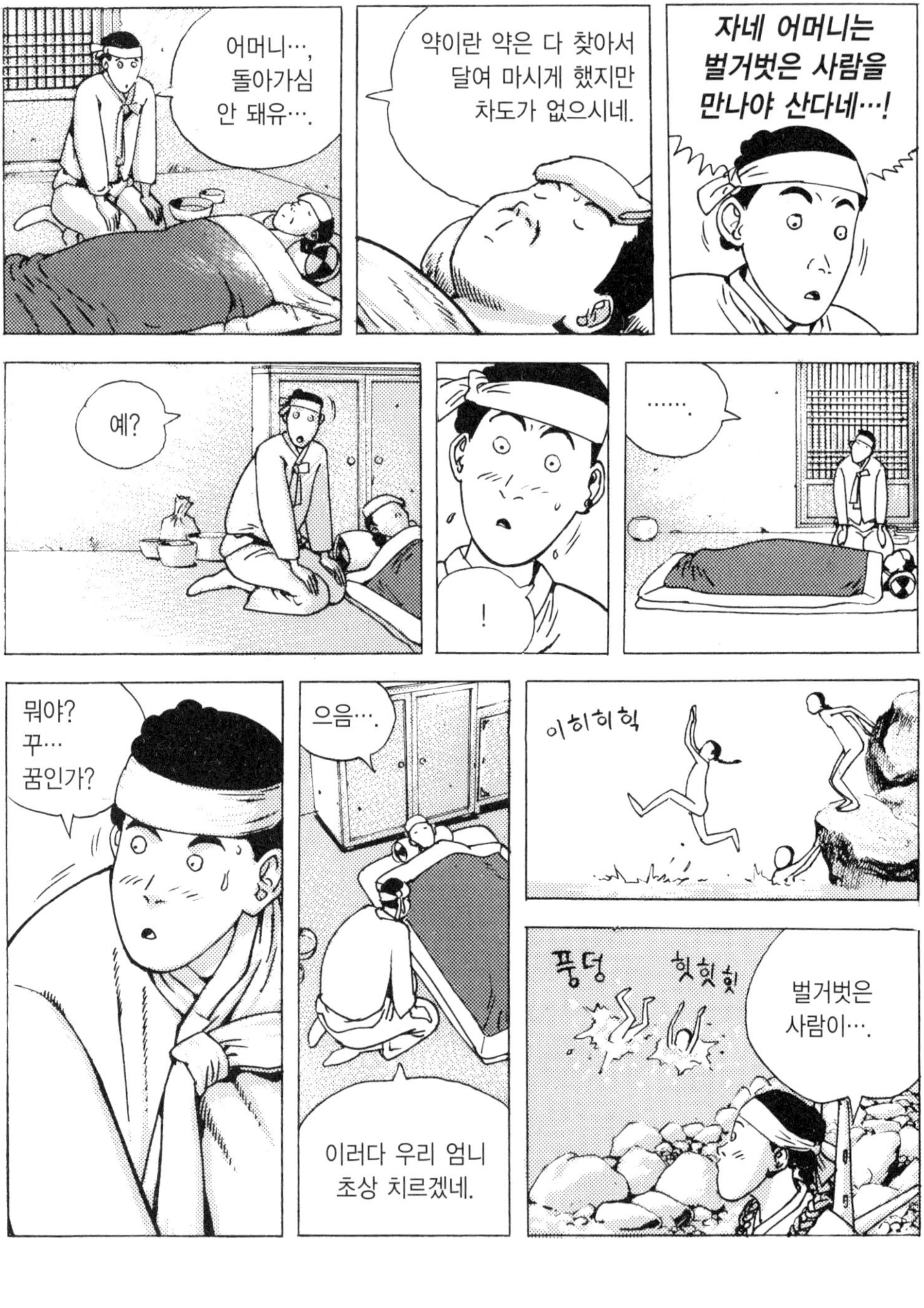
어머니…, 돌아가심 안 돼유….
약이란 약은 다 찾아서 달여 마시게 했지만 차도가 없으시네.
자네 어머니는 벌거벗은 사람을 만나야 산다네…!
예?
!
…….
뭐야? 꾸… 꿈인가?
으음….
이러다 우리 엄니 초상 치르겠네.
이히히힉
풍덩
힛힛힛
벌거벗은 사람이….

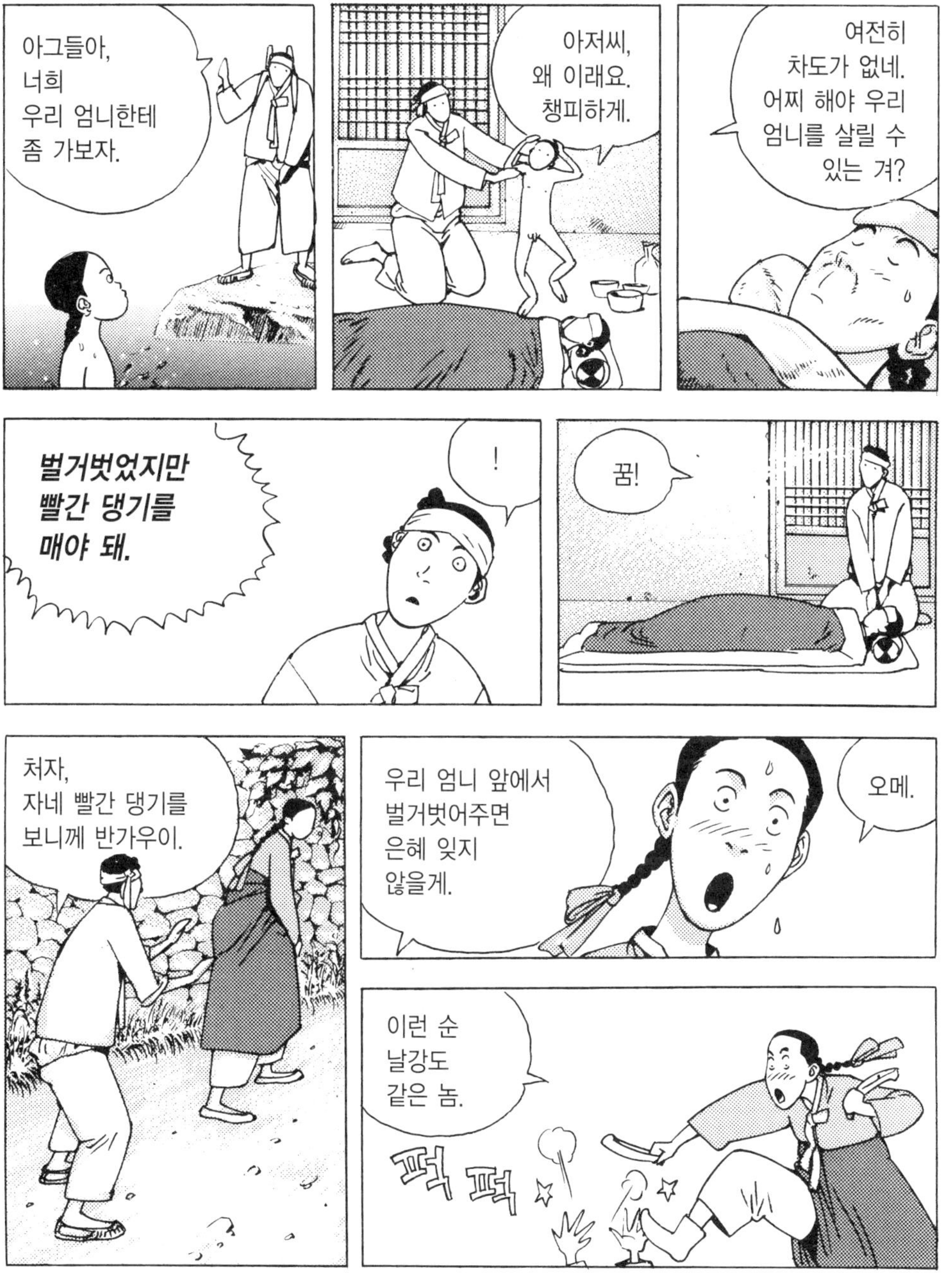
아그들아,
너희
우리 엄니한테
좀 가보자.
아저씨,
왜 이래요.
챙피하게.
여전히
차도가 없네.
어찌 해야 우리
엄니를 살릴 수
있는 겨?
벌거벗었지만
빨간 댕기를
매야 돼.
!
꿈!
처자,
자네 빨간 댕기를
보니께 반가우이.
우리 엄니 앞에서
벌거벗어주면
은혜 잊지
않을게.
오메.
이런 순
날강도
같은 놈.
퍽 퍽

빨간 댕기
세 개가
힌트야.
또 꿈!
빨간 댕기
세 개에다
벌거벗은 사람을
어디서 찾냐구.
어디서
찾냐구….
으허엉,
불쌍한
우리
엄니.
……!
아….
현몽대로
뿌리를 달여
드리니…
벌떡

솟는다.
뭐, 뭐가요?
힘이!
아이쿠, 엄니.
저리 비켜라! 청소 하게!
엄니 달여 드린 뿌리의 씨앗을 심었더니 또 벌거벗은 사람 같은 뿌리가 났네이.
사람 모습을 닮고 씨앗이 세 개니까… 그려, 인삼(人蔘)이라고 하자.
누구세요?
니 엄니지.
약발 끝내주네, 너무 젊어지셨어, 엄니.
동네 사람들이 나를 니 여동생으로 알더라.
금산 남이면 성곡리 개안이 마을의 '개삼터' 이야기.
13번 국도에선 다른 차량을 발견하기가 쉽지 않다. 조용하고 한가한 도로를 달려 금산을 지나친다.

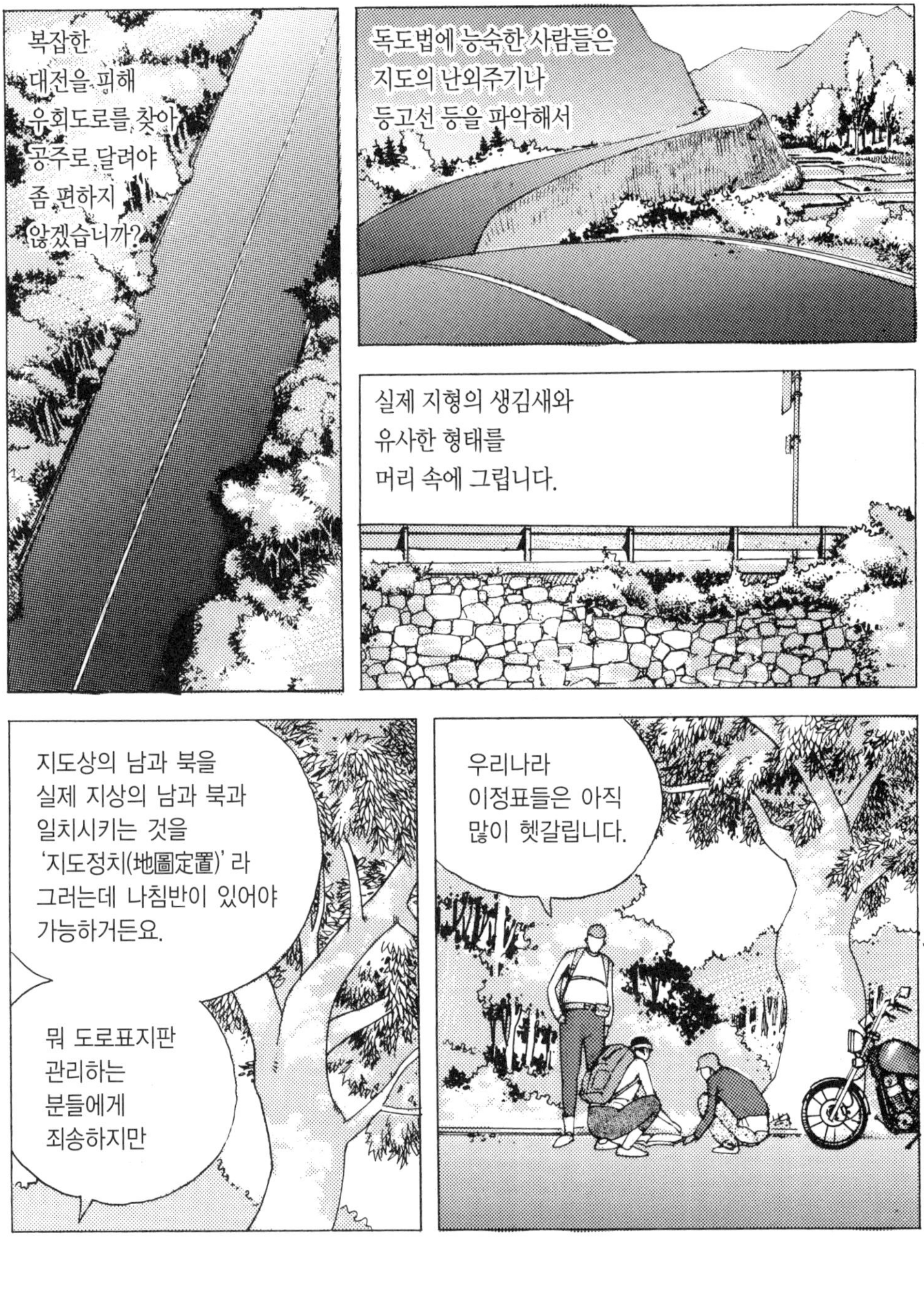
복잡한 대전을 피해 우회도로를 찾아 공주로 달려야 좀 편하지 않겠습니까?
독도법에 능숙한 사람들은 지도의 난외주기나 등고선 등을 파악해서
실제 지형의 생김새와 유사한 형태를 머리 속에 그립니다.
지도상의 남과 북을 실제 지상의 남과 북과 일치시키는 것을 '지도정치(地圖定置)' 라 그러는데 나침반이 있어야 가능하거든요.
뭐 도로표지판 관리하는 분들에게 죄송하지만
우리나라 이정표들은 아직 많이 헷갈립니다.

잘못하면
전혀 다른 길을
달리게 된다
이겁니다.
관광안내도
이럴 땐
독도법이
최고지요.
직업군인 출신의
등산객 아저씨가
대전을
우회하면서
공주로
갈 수 있는
빠른 길을
가르쳐 준다.
까라락
독도법…
참 매력있다.
우두두둥
딸기의
낙서 같은
글들을 읽고

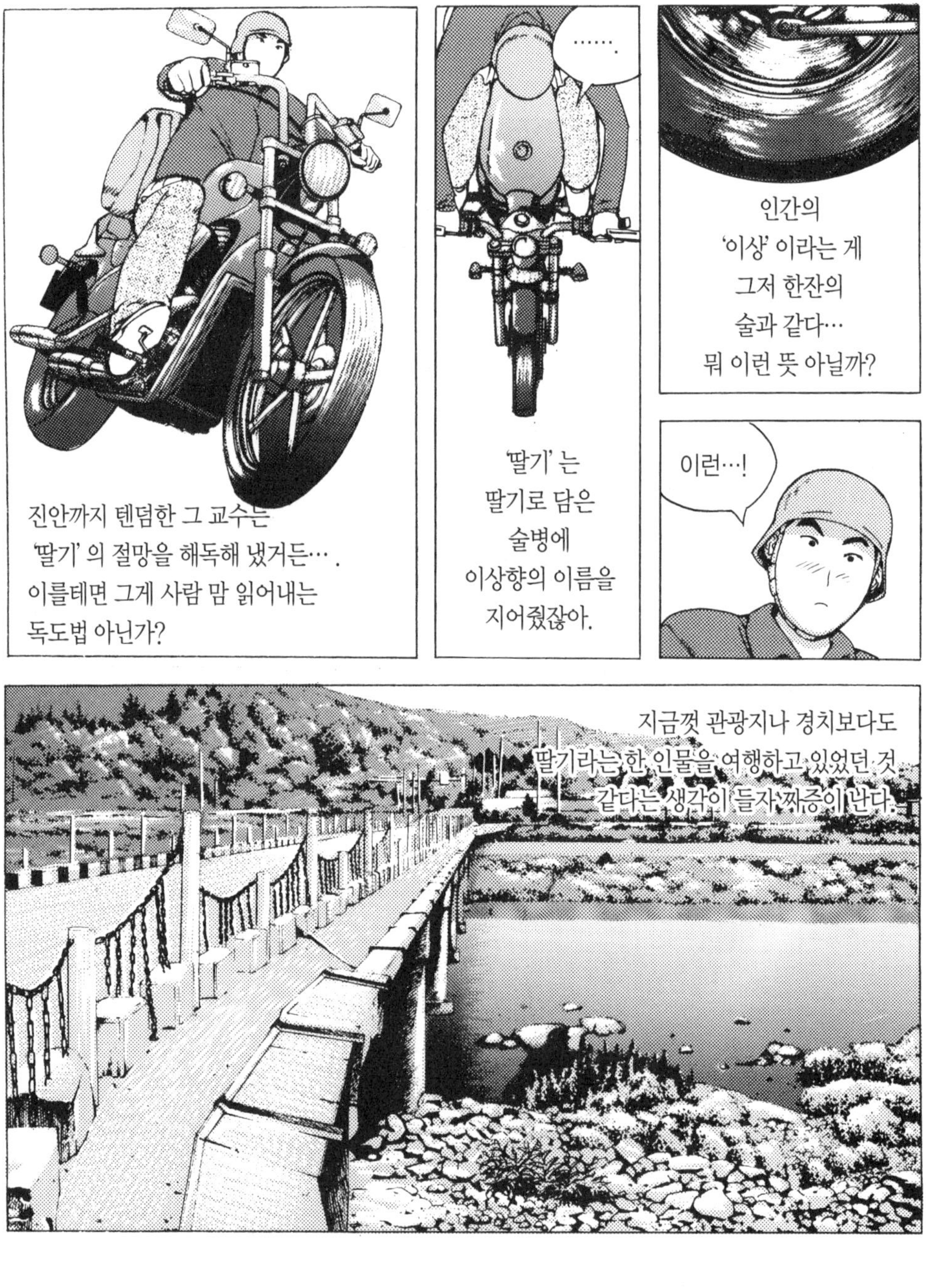
진안까지 텐덤한 그 교수는
'딸기'의 절망을 해독해 냈거든… .
이를테면 그게 사람 맘 읽어내는
독도법 아닌가?
…….
'딸기'는
딸기로 담은
술병에
이상향의 이름을
지어줬잖아.
인간의
'이상'이라는 게
그저 한잔의
술과 같다…
뭐 이런 뜻 아닐까?
이런…!
지금껏 관광지나 경치보다도
딸기라는 한 인물을 여행하고 있었던 것
같다는 생각이 들자 짜증이 난다.

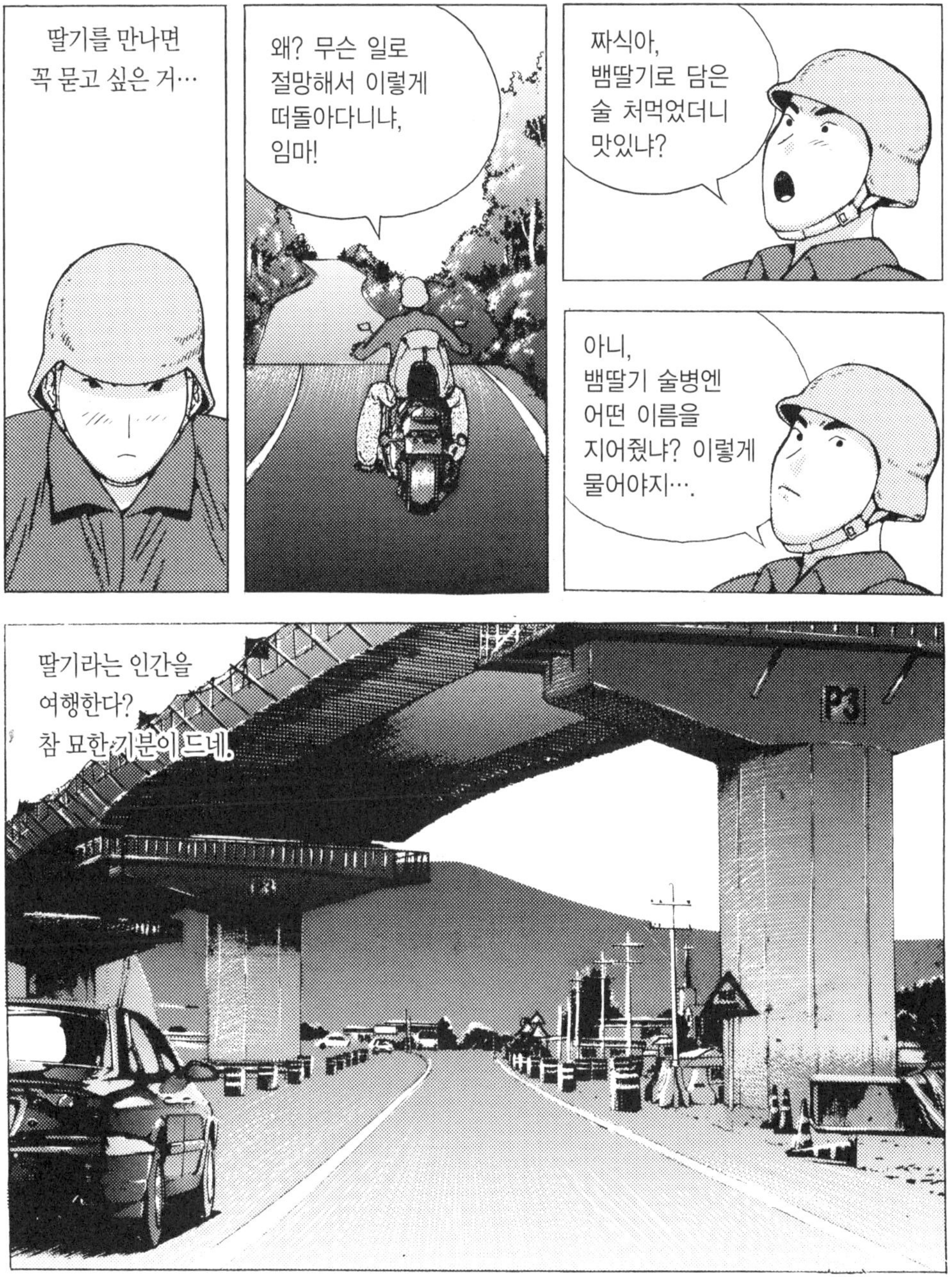

딸기를 만나면
꼭 묻고 싶은 거…
왜? 무슨 일로 절망해서 이렇게 떠돌아다니냐, 임마!
짜식아, 뱀딸기로 담은 술 처먹었더니 맛있냐?
아니, 뱀딸기 술병엔 어떤 이름을 지어줬냐? 이렇게 물어야지….
딸기라는 인간을 여행한다? 참 묘한 기분이 드네.
P3

—제3권 끝. 충청·강원의 산과 들을 횡단하는 「호두나무 왼쪽 길로」 제4권을 기대해 주세요!

# 독도법讀圖法 • p 220

명사 지도가 표시하고 있는 내용을 해독하는 기술.

지도의 난외주기에 나와 있는 모든 내용을 숙지하고 등고선을 보면서 산의 생김새를 형상화시켜 머리 속에 그림을 그려넣는 작업이다. 독도를 하기 위해서는 지도를 읽고 숙지해야 하며, 나침반을 다룰 줄 알아야 하고, 인도어클라이밍에 의한 사전 준비와 산행 중의 운행 기록을 철저히 해야 한다.
특히 안개나 눈보라 등으로 앞이 보이지 않을 때에는 기록에 의존할 수밖에 없기 때문에 세심하게 적어두어야 한다. 독도를 잘하기 위해서는 반복 실습이 필요하므로 단체 산행인 경우에도 혼자서 길을 찾아가는 자세로 임하는 것이 좋다.

취 재 기 행

# 겨울, 길, 위의 사람들

나무와 숲에게 눈은 따뜻한 반가움이다.
산은 추위를 느끼지 않는다.

# 문경

Moonkyung

철 지난 주막이 고개를 넘는 사람들을 반긴다. 눈이 녹고 옥수수가 익을 때까지
주막은 늙은 주모처럼 버거운 삶을 지탱해 나갈 것이다.

소조령 고개를 넘으면 문경이 나온다.
누군가 차를 세워둔 채 고갯마루를
감상하고 있다.

새재 입구 마을의 오래된 가옥. '문경 연탄직매소'인 이곳은
을씨년스러운 겨울 마을 풍경의 한몫을 담당하고 있다.

인터뷰

Interview

# 새재와 함께 지내온 인생, 이관용 할아버지

## 새재 안 상촌마을의 추억

문경새재는 험준하지 않고, 깊고 맑은 계곡과 산세로 이어져 있다. 그리고 지금의 도립공원이 조성되기 전에는 새재 곳곳에 크게는 40가구에서 적게는 10여 가구에 이르는 사람들이 마을을 이루어 살고 있었다. 새재를 찾은 우리는 이 중 새재 안 가장 큰 마을이었던 1관문 바로 안쪽의 상촌마을에 살던 할아버지 한 분을 만날 수 있었다. 이제는 드라마 촬영장이 된 상촌마을에서 나와 새재 바깥 쪽 관광점들이 늘어선 곳 뒤에 자리한 마을에 살고 계신 이관용 할아버지(76, 문경시 문경읍 하초리) 댁을 소개받아 방문한 것이다.

집 입구에는 커다란 암소 한 마리가 있었고 마침 할아버지는 쇠죽을 쑤고 계셨다. "날씨가 추워져서 든든하라고 일부러 쑨 거야."라며 할아버지는 아직도 농사에 투입되는 이 늙은 암소에 대한 애정을 감추지 않으셨다. 이윽고 할아버지를 따라 내부를 깔끔하게 리모델링한 집으로 들어갔다. 할머니께서는 불쑥 찾아온 객들을 처음에는 낯설게 보셨지만 이내 달인 물에 커피를 타 주시며 반겨주셨다.

*"여름이면 사람들이 많이 와서 쉬어갔어. 물이 맑고 그늘이 시원하니까 사람들이 많이 찾았지."*

*할아버지는 해방 전 이곳에서 호랑이를 직접 두 번이나 목격하신 적이 있다고 하셨고, 해방 후 좌·우익 대립이 심하던 시절에는 여궁폭포 쪽 계곡 바위에 붙은 버섯을 캐러 갔다가 빨치산과 마주쳤다는 말도 잊지 않으셨다.*

할아버지는 왜정 때 부모님을 따라 이곳 문경새재 내 상촌마을에 자리를 잡으셨다고 한다. 할머니 역시 아랫마을에 사셨으니 두 분 모두 이곳이 고향인 셈이었다. 무엇보다 할아버지는 새재의 맑고 깨끗함을 자랑하셨다. "물이 맑고 그늘이 시원하니까 사람들이 많이 찾았지"라며 상촌마을에 사시던 기억을 풀어놓기 시작하셨다. 해방 전에는 이곳에서 호랑이를 직접 두 번이나 목격하신 적이 있다고 하셨고, 해방 후 좌우익 대립이 심하던 시절에는 여궁폭포 쪽 계곡바위에 붙은 버섯을 캐러 갔다가 빨치산과 마주쳤다는 말도 잊지 않으셨다. 할아버지 자신 역시 자의반 타의반으로 대한청년단으로 활동하며 격동의 시절을 보내셨다고 한다. 할아버지는 자신의 인생에서 왜정 시대가 가장 힘드셨다고 하시면서 요즘은 모든 게 편해졌지만 TV를 보면 무서운 세상이라는 생각이 든다고 하셨다.

튼실한 메주 덩어리들이 안방 한쪽을 차지하고 있었다.

## 상촌마을에서 이주하고도 새재 주변에 머물러…

두 분이 새재 내 상촌마을을 떠난 이유는 8년 전 새재가 도립공원으로 지정되면서 새재 안에 남은 35가구 정도는 모두 이주를 해야 했다고 한다. 몇몇 가구들은 서울로, 혹은 문경시나 충주로 갔지만 할아버지 댁을 비롯한 20여 가구는 새재 밖 마을에 자리해 여전히 새재 주변에 남게 되었다고 하셨다. 할머니 묵 만드는 솜씨도 좋으시고 해서 대처로 나갈 생각도 하셨지만 그분들은 그렇게 마을 주변에 남아 새재를 묵묵히 바라보는 걸로 만족하신다고 하셨다. 이제는 도립공원 입장료를 끊고 들어가야 하는 할아버지의 옛 마을, 문경새재 상촌마을이다.

흥미롭게도 상촌마을이 있던 곳엔 현재 KBS 드라마 촬영장이 조성되어 있다. 할아버지는 그곳에서 촬영된 사극 드라마를 보면서 마을 곳곳의 흔적을 발견하신다고 한다. 배우들이 지나는 개울의 다리, 서있는 곳의 오래된 나무 등등에서 상촌마을의 풍경을 발견하실 때면 조금은 흐뭇하시다니 그것이 위안이 되기도 하고 쓸쓸한 느낌이 들기도 하는 것이다.

바쁜 일정으로 인해 그만 인사를 드리고 나오는 우리들에게 "식사를 안 하고 가서 워쩐다냐" 하시며 연신 인정을 보이시던 할아버지, 할머니가 새재의 깊은 계곡처럼 오래도록 평안하시길 기원해본다.

떨어지지 못한 열매는 꽃이 되었다.
붉은 눈송이로 뭉쳐 겨울나무의 훈장이 되었다.

**문경에서 무주로 향하는 길, 꽃이 된 사과열매들**

# 무주

Moojoo

수천 년 전 사람들도 이곳을 같은 이름으로 불렀을 것이다.
소통의 의무를 실은 채 오늘도 수많은 차들이 나제통문(羅濟通門)을 지나고 있다.

시골국도의 표지판은
때론 대도시의 이웃보다 친절하다.
보라, 풀 숲 사이에 우뚝 선 채
어서 오라고 외치고 있지 않은가?

'구천 명의 생불(生佛)이 나올 정도로
깊고 그윽한 계곡', 구천동.

얼음결 아래로 겨울 물골 튼다.

무주의 '전주 식당들'.
전주 진미, 전주 별미, 전주 일미가
무주 구천동에 늘어선 이유는?

인터뷰

Interview

# 맑고 차가운 공기와 깊은 계곡을 간직한 무주 향토 사학자 유재두 선생님

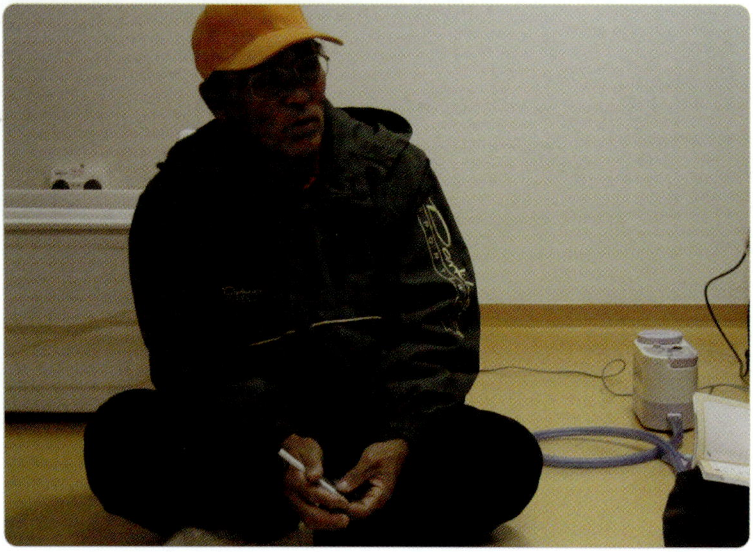

## 소통의 공간, 무주

겨울 무주 구천동의 차갑고 맑은 정취를 느낀 후, 우리는 향토사학자이신 유재두 선생님(60, 무주군 부남면)을 만나기 위해 무주군의 서쪽인 부남면을 향해 달렸다. 부남면 사무소와 복지회관이 있는 마을 입구에서 마중 나오신 유재두 선생님의 안내로 우리는 복지회관을 둘러본 후 천천히 무주에 대한 여러 이야기를 들을 수 있게 되었다. 부남면이 고향이고 무주의 여러 곳에 해박한 선생님은 진지한 어조로 무주의 여러 이야기들을 들려주셨다.

먼저 무주는 지리적으로 경상도, 충청도와 맞닿아 있어서 세 가지 방언이 적당히 섞여 있다고 하셨다. 그러자 문경에서 김천을 거쳐 무주로 넘어오는 길에 통과한 나제통문(羅濟通門)이 생각났다. 신라와 백제를 연결해 주던 견고한 바위터널. 그곳은 마치 인공으로 조성되지 않고 오랜 시간을 두고 스스로 소통의 창구를 열어낸 것 같았다. 마치 이곳의 사람들이 서로의 사투리를 공유하듯이 말이다. 한편 일반적으로 무주 구천동이란 말의 뜻은 이곳의 산세가 깊고 신비해 한때 구천 명이나 되는 중들이 살았다는 것에서 유래한다고 알려져 있다. 이에 선생님은 다른 또 하나의 설을 이야기해 주셨다.

무주의 상징 반딧불이가 형상화된 가로등.

## '구천동'의 또 다른 유래

고려시절 중국 원나라 임금인 순제가 옥새를 잃고 찾으려 애쓰던 중 지금의 구천동에 유해라는 현자가 있다함을 듣고 그를 불러다가 후하게 대접하고 한 달 안에 옥새를 찾아줄 것을 명했다. 그러나 뾰족한 수가 없던 유해 역시 옥새는 못 찾고 기한은 다 되어가고 있었다. 답답한 마음에 유해는 '에라 모르겠다. 담배나 죽이자.' 라고 혼자 지껄였다고 한다. 그러자 그동안 유해의 숙소 주변에서 유해를 염탐하던 범인 둘이 유해의 방으로 들어와 넙죽 무릎을 꿇고 사죄한 후 옥새를 내어 놓았다고 한다. 그 범인 둘의 이름은 담거와 배소였다고 한다. 옥새를 찾은 순제는 기뻐 잔치를 열고 유해의 고향을 '천승지국 구국제후가 모여 축하해야 할 만한 사람이 태어난 곳' 이라는 뜻인 구천동이라 명했다는 것이다. 이 설의 진의 여부야 확인할 바가 없지만 흥미로운 내용임에는 틀림이 없었다.

부남면 복지회관 앞 입간판. 탕이 하나인 관계로
남녀 입욕일이 다르다.

떡하니 버티고 선 당산나무는
이곳이 시골마을 입구임을 알려준다.

무주의 관광 명소로는 구천동 33경과 무주 리조트가 대표적이지만, 유재두 선생님의 고향인 부남면에도 부남의 중심부를 굽이치는 금강 상류인 금강천과 부남 유원지가 있어 나름의 운치를 자랑하고 있었다. 금강천은 금강 최상류에 속하며 이곳에는 청정수에서만 서식하는 쏘가리, 꺽지, 어름치 등을 볼 수가 있고 강을 따라 늘어선 백사장과 기암괴석들이 절경을 이루면서 다양한 전설들과 유래를 담고 있어 그 신비로움이 더하는 곳이라고 한다.

# "길에서 마주친 사람들"

아스팔트 위에 내린 나비들, 오색으로 신나게 날아오른다.

겨울 물살에도 아랑곳하지 않고 재첩을 건져 올리는 사람들.

경운기 타고 옆 마을로 마실 가시는 시골 아저씨.

마치 자신이 자동차라도 되는 듯이,
국도는 겨울의 논밭을 맹렬히 가로지른다.

무주에서 진안으로 향하는 언덕의 국도변에서…

# 진안
Jinan

진안 쪽에서 바라본 마이산. 정말로 쫑긋 세운 말의 귀를 옆에서 바라보는 듯하다.

한 발 다가서니 그 위세가 더욱 등등하다.

하늘을 향해 자라는 정결한 돌탑은 아름답다 못해 신비롭기까지 하다.

능소화는 자신의 몸을
구도의 결정으로 삼는다.

어떤 기원(祈願)이 이리도 단단히 하늘을 두드리고 있을 것인가?

# 탑사의 산증인, 비둘기회관의 홍영자 아주머니

## 탑사에는 무언가 특별한 것이 있다

"복 있는 사람이나 살지 아무나 못 사는 곳이여. 공기 좋고 불심 넘치는 곳이지."
마이산 탑사에 대한 홍영자 아주머니(65. 진안군 마령면 동촌리)의 첫마디였다. 늦은 시간 찾은 마이산 탑사, 어두워지는 하늘 아래 실루엣으로 담기는 형형한 돌탑들의 존재는 신비롭기 그지없었다. 우리는 한동안 탑사 주위를 넋 놓은 채 거닐다가 탑사 입구에 있는 유일한 만물가게 비둘기회관에 들렀다.

탐스럽게 노오란 찹쌀막걸리와 전라도 김치, 해물파전을 놓고 우리는 주인아주머니에게 이것저것 여쭈어보기 시작하던 중, 주인아주머니가 바로 故 이갑용 처사의 손주며느리 되신다는 사실을 알게 되었다. 현재 마이산 석탑 문화재 관리소장이자 故 이갑용 처사의 손자이신 이왕선 님이 아주머니의 부군이다. 우리는 연신 찹쌀막걸리를 비우며 아주머니로부터 살아오신 이야기와 마이산 탑사에 대한 궁금증을 하나씩 엿듣는 행운을 얻을 수 있었다.

## 아주머니의 지난 세월

나이에 비해 세련되고 유머 있게 말씀도 잘 하는 아주머니는 충청남도 조치원의 갑부집 막내딸로 태어나셨다. 연고가 없는 진안으로 시집을 오게 된 계기는 이곳에 와 자주 예불을 드리던 친정어머니가 탑사의 안살림을 도맡아 보던 자신의 시어머니와 친분이 생겨 21살 때 이곳으로 시집을 오게 되었다고 하셨다. 아주머니가 내오신 김치는 확실히 전라도 음식이었다. 시집오기 전엔 밥 한번 안 지어본 채 곱게 자라셨는데 이곳에 온 후 김치담그는 법부터 배우며 고생도 많이 했다며 웃으셨다.

아주머니의 말씀에 따르면 이곳 마이산 탑사는 지금 겨울이 가장 한가한 시기이며 봄, 여름, 가을엔 '겁나게' 사람이 많이 온다고 하셨다. 또한 외국인들도 무주리조트와 전주비빔밥 관광 사이에 꼭 이곳에 들르는데 모두들 '겁나게' 놀라고 간다고 하셨다.

한편 故 이갑용 처사에 대해서는 생전에 뵌 적은 없지만 비범한 분이란 것은 확실히 자신도 느낄 수 있다고 하셨다. 그냥으로는 지을 수가 없는 탑사의 돌들, 올라가면서 쌓는 것도 대단하지만 돌들이 마치 접착제로 붙인 것처럼 무너지지 않는 것은 모두 처사님의 신령한 능력 때문이란다. 그리고 재미있는 사실 한 가지는 돌을 쌓는 일은 늘 밤에만 하셨다는 것이다.

이제는 장성한 5남매를 키우며 탑사의 살림을 도맡아 오신 아주머니, 처음에 내리 딸만 둘을 낳아 쫓겨날 뻔 했다고 말씀하시며 웃으시던 아주머니, 마이산 탑사에 오면 꼭 비둘기회관에 들러 아주머니의 입담과 구수한 찹쌀막걸리 한 사발 들이킬 일이다.

노란 색깔만큼이나 구수하게 익은 찹쌀막걸리에
해물파전, 김치 맛도 일품이었다.

만개한 달이 전깃줄에 앉아 갈 길 바쁜
길손을 바라보고 있다. 웃고 있다.

무진장의 마지막 장수로 향하는 밤길.

# 장수

Jangsoo

지방 소도시의 큰길은 대체로 이러하다.
협동조합, 경찰서, 노래방, 고깃집, 다방, 병원 등이
오순도순 마주한 채 소박하게 자리한 형국이다.

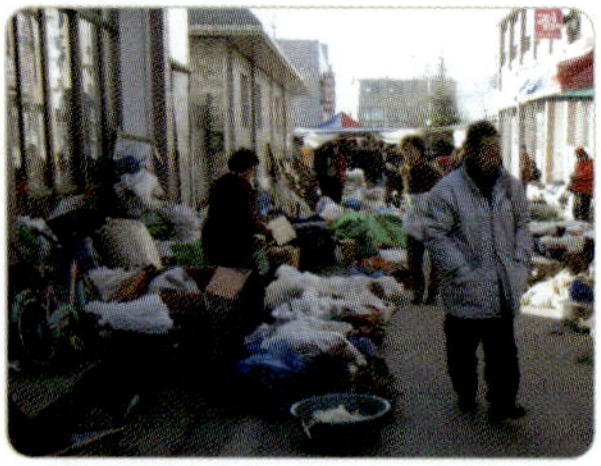

지방 소도시의 오일장은 대체로 이러하다.
마실 나온 할아버지, 마늘접 지고 온 할머니,
심심한 동네 아줌마들 등이 모여
소박한 장(場)을 마련한 형국이다.

# "시골 겨울장 풍경"

"오늘 한 접도 못 팔았어…."
할머니는 장계리에서 마늘을 팔러 새벽길 달려오셨다.

장갑, 난로, 나눠 마시는 커피,
겨울 장터가 더욱 훈훈한 이유….

'뜨거운 물고기'는 겨울만 되면 어디에든 진을 치고 나선다.

"사실 난 가을 들녘의 허수아비였어요.
오늘은 특별모델로 장터에 나섰다오."

# "장수군 주촌면 논개마을"

장수군 주촌 양지바른 곳에 의암 주논개의 생가와 영정이 마련되어 있다.

결의의 상징인 쌍가락지 안에는
만해 한용운의 추모시가 담겨 있다.

갈 길은 멀다. 오늘도 무명전사의 모습으로
고단하게 국도를 달린다. 나는 고단한 트럭.

장수에서 금산으로 가는 국도변에서.

# 금산

Geumsan

장수에서 금산으로 가는 국도변.
농촌 총각들을 위한 색다른 '프로포즈'가 눈길을 끈다.

금산의 인삼밭. 견고한 그늘로 인삼의 재배를 도와주는 차양막이 펼쳐져 있다.

인터뷰

Interview

# 금산 할아버지에게 듣는 인삼 이야기

## 인삼의 고장, 금산

금산군 진산면 국도변에서 마주한 홍창기 할아버지(60, 금산군 진산면)는 부지런히 새 인삼밭에 쓰일 지지대를 다듬고 계셨다. 인삼은 영양분을 매우 많이 필요로 하는 작물이라 기껏해야 밭에서 4~6년 정도 재배할 수 있다고 한다. 이후에는 지력하락과 질병이 원인이 되어 7년 이상 재배하는 것은 경제적으로 타당성이 없다고 한다. 새로운 인삼밭을 일구는 데엔 차양막을 지지할 지지대를 만드는 게 처음 해야 할 일들이라고 할 수 있겠다.

할아버지는 금산에서 나고 자라 죽 인삼밭을 일구어 오셨으며 인삼밭 말고도 다른 농사도 병행하시는데, 전문적으로 인삼농사만 짓는 사람들도 있지만 금산의 농가들은 대부분 할아버지같이 인삼농사와 밭농사 등을 같이 한다고 하셨다. 할아버지 말씀에 의하면 금산을 비롯한 충청남도 남부지방과 전라북도 북부지방에서 인삼 재배를 많이 하는 까닭은, 너무 덥지도 않고 너무 춥지도 않은 기온의 영향이 크다고 하셨다.

할아버지에게 산삼에 대해서 여쭈어보니 "산삼도 우리가 심으면 안 되어. 씨를 갖다 심어도 안 되고 뽑아다가 심어도 안 되어. 스스로 나야 되는 게지"라며 산삼에 대한 경외심 담긴 말씀을 하셨다. 실제로 인삼을 산삼과 비슷하게 산속에 심어 키우는 '장뇌삼(뇌두가 긴 삼)'이 있긴 하지만 할아버지의 말씀대로 스스로 자란 산삼이야말로 귀중한 것이 아닐까 하는 생각이 들었다. 인삼은 6년만 키워도 애들 팔뚝만해지지만 산삼은 몇백 년 커봐야 새끼손가락 정도 밖에 크지 않는다고 한다. 크기는 작지만 효능과 값어치는 산삼이 더욱 좋으며 무엇보다 희귀하기 때문에 비쌀 수밖에 없는 것이 산삼인 것이다.

요즘은 밤에 인삼을 몰래 캐가는 사람들이 있어 자신의 밭을 밤에 지키는 사람들도 있다고 하시며 점점 각박해지는 인심을 탓하시던 할아버지는 다듬던 지지대를 경운기에 싣고 새로운 인삼이 자랄 밭으로 향하셨다.

우리의 지력이 다 할 때까지 품어야 할 것들이 있다.

"산삼도 우리가 심으면 안 되어. 씨를 갖다 심어도 안 되고 뽑아다가 심어도 안 되어. 스스로 나야 되는 게지."

길은… 심심하다.

눈과 흙에 쌓인 채 낙엽이 소진될 시간이 왔다.
겨울은 그렇게 서로를 보듬어 새롭게 썩히는 시간
사람들과 풍경들 속에서 행복한 겨울잠을 꿈꾸는 시간.

2003. 12. 무진장의 겨울에서…

상복의 성장여행

6기통 오토바이와 함께 한

# 여행지도

# 상복의

## 1권의 여정

호두나무 왼쪽 길로 1권

'여정의 시작'

영동 ~ 목포

호두나무 왼쪽 길로 2권

'남도기행'

땅끝 ~ 경주

호두나무 왼쪽 길로 3권

'내륙의 정취'

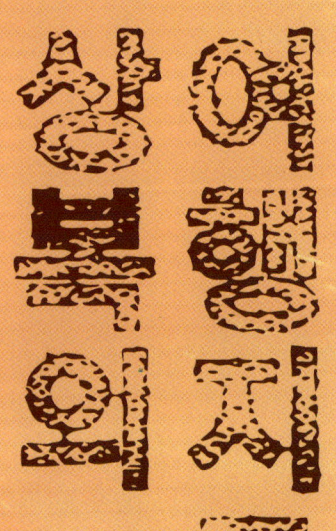

영천 ~ 금산

## 3권의 여정

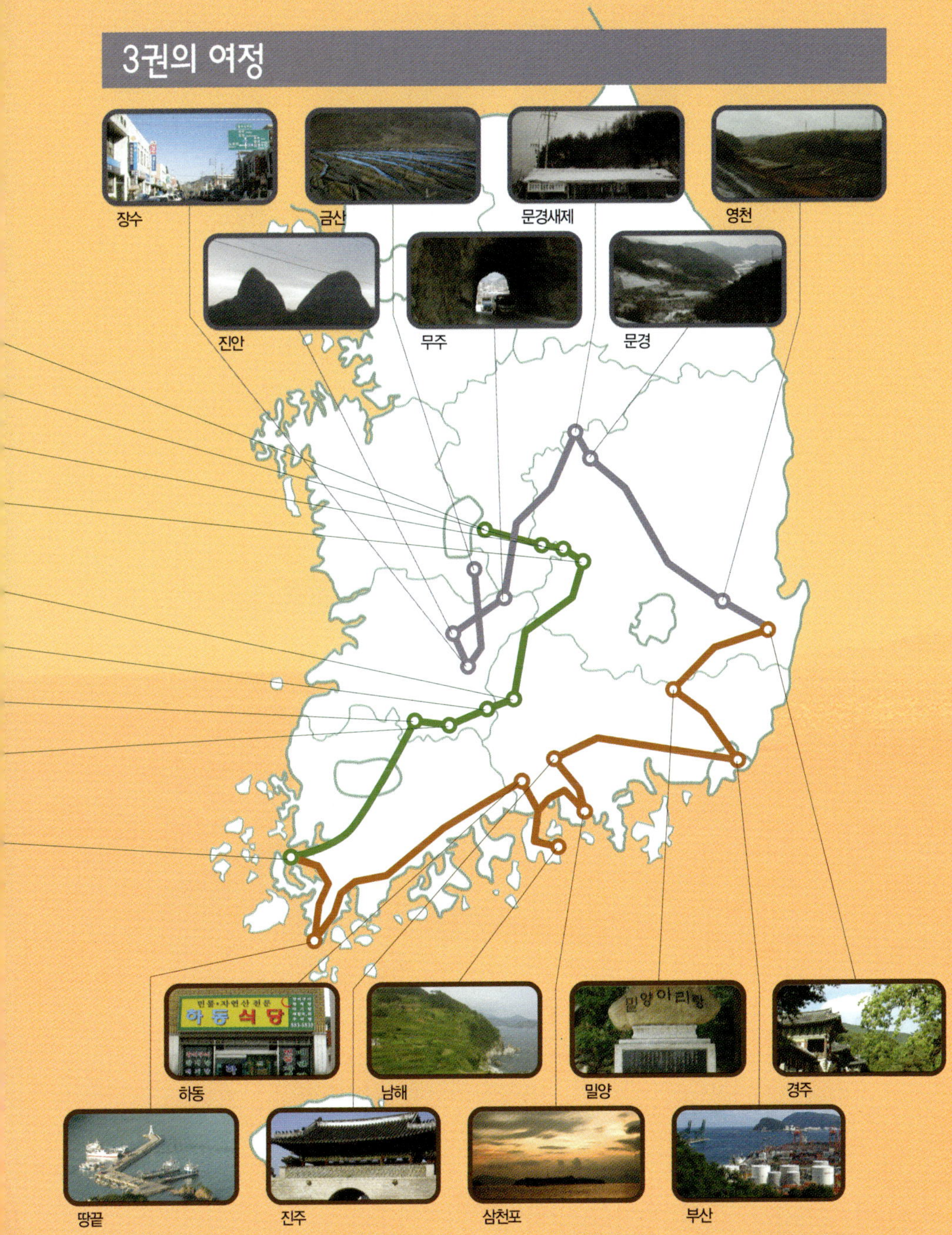


2권의 여정

박흥용 글·그림
호두나무 왼쪽 길로 1
박흥용 글·그림
호두나무 왼쪽 길로 2
박흥용 글·그림
호두나무 왼쪽 길로 3